KB198971

적당한 사람

적당한 사람

이창섭

21세기북스

잘 해내고 싶은 마음으로부터

Prologue

내 이야기로만 무려 한 권의 책을 채우다니. 과연 내가 어떤 것을 말할 수 있을까, 고민이 앞섰다. 하고 싶었던 이야기들을 떠올려봤다. 이 말 저 말을 머릿속으로 고르다가… 잠깐 멈추기로 했다. 고민하다 보니 꾸밈이 들어갈 자리가 자꾸 생기는 것 같아서였다. 꾸밈은 내려놓고 마음이 닿는 대로 이야기를 담아보고 싶었다.

직업 특성상 그간 유쾌하고 긍정적인 순간들이 카메라에 자주 담겼다. 실제로 일하는 게 즐겁고 기쁜 순간이 많았기 때문이기도 하다. 한편 이면의 감정은 털어놓을 기회가 드문드문 있었던 것 같은데도 대체로 내려놓지 않았던 것 같다. 어차피 다시 내가 들쳐메야 할 무거운 가방처럼 느껴질 때도 있었고, 혼란스럽거나 좀 묵직한 감정들은 스스로 잘 매듭짓는 것이 좋겠다는 마음도 있었다.

마음이 닿는 대로 솔직한 이야기를 담겠다고 생각한 만큼 이번엔 두려움이나 고민 그리고 정리되지 않은 시시콜콜하고 사소한 것들까지도 책에 남겨보려고 한다. 그러니 자랑할 만하거나 가르침을 줄 만한 이야기는 아닐 것이다.

이제껏 나름대로 최선의 선택과 노력으로 좋은 결과물을 만들어보려고 애썼으나, 이거다 싶은 명쾌한 해답이 매번 있었던 건 아니다. 내가 뭔가 잘못하고 있는 건 아닐까 고민하다 지쳐 힘이 빠지기도 했고, 스스로 애써 다독여가며 툭툭 털고 일어나보려고도 했다. 여느 사람들처럼 주변에서 에너지를 받아 극복할 때도 있었다.

아마 앞으로도 이런 시행착오는 계속 겪을 것이다. 그래도 이제껏 해왔던 것처럼 주어진 무대와 일에 열심을 다하고 무사히 해내는 가수이자 직업인으로 살아갔으면 한다.

'저는 이렇게 살고 있어요. 당신은 어떠세요?'

내 이야기가 현재 진행형인 사람들, 무언가 해나가고

있는 사람들에게 이렇게 질문을 건네며 다가갈 수 있었으면 좋겠다. 이 책을 읽는 모든 분과 대화 나누며 삶을 주고받긴 어렵겠지만, 우리가 현재 진행 중인 각자의 이야기들로 느슨하게 연결될 수 있다면 더 바랄 게 없을 것이다.

2025년 2월

이창섭

차례

Prologue 006

PAGE 1 / 시절들

적당한 사람 014
그냥 해 018
앙상블의 미학 022
진심을 담은 노래 025
알아보고 포착하기 029
힘든 시기를 지나고 있지만 035
두려움 깨부수기 039
…네! 043
온 더 스테이지, 인 더 라이프 047
잘 서 있기 052
건강하게 내 탓 056
선순환 시스템 만들기 062
잘 말하고 잘 듣기 066
슬픔의 삼각형 070

PAGE 2 / 나날들

그럼 이만 퇴근해보겠습니다 078
드림하우스 085
커피와 맥주 089
어쩌다 구리를 만나서 094
소리 없음 099
무작정 걸었어 102
마이클 잭슨 107

일찍 일어나고 싶은 올빼미형 인간 110
복싱을 좋아하는 이유 114
만화 인생 118
시작은 오락실 124
무탈한 하루 128

PAGE 3
/ 시절과 나날

예측 가능한 사람, 이창섭 134
팬 그리고 위로 139
왜 이렇게들 잘생긴 거야 144
몰입 149
데뷔 그리고… 154
특별하진 않지만 160
최단 거리로 계산하지 않기 165
가만하고 편한 사이 170
1991 174
죽음에 대한 단상 180
멋쟁이 할아버지로 늙기 183
비교는 금물 186
이별 연습 191
제일 195

Epilogue 201

PAGE 1
시절들

적당한
사람

기억에 남는 댓글이 있다. '내가 이창섭이 좋은 이유는 나대지 않고 그렇다고 소극적이지 않고 센 척하지도 않는데 그렇다고 약해 보이지도 않는다'라는 내용이었다. (정확한 표현과는 다를 수 있다. 양해를 바란다.) 내겐 그 말이 칭찬처럼 들렸다. 왜 그 댓글이 유독 기억에 남았을까 생각해보니 그동안 내가 추구하며 살아온 날들이 남에게 적당해 보였다는 의미 같아 반갑고 좋았던 것 같다.

적당한 삶을 살고 싶다. 여기서 말하는 적당함은 A와 B의 밸런스를 균등하게 배분하는 것과는 다르다. 삶에는 사물처럼 절대적 무게가 매겨져 있지 않고, 사람마다 밸런스를 느끼는 지점도 다 다르다. 그러니 무언가를 반반으로 맞추려고 애쓰는 것 자체가 불가능에 가까울 것이다.

내가 생각하는 적당함은 '감당할 수 있는 선이 맞춰진, 그 선을 내가 잘 유지하고 있는 조화로운 상태'에 가깝다. 물론 이 상태를 추구하다 보면 가끔은 그 비중이 우연히 반반에 가까워질 수도 있겠지만, 중요한 건 내게서 뗄 수 없는 것들을 조화롭게 만드는 데 있다.

자유와 구속을 예로 들어보겠다. 데뷔 초창기에는 아이돌이라는 직업에 쏟아지는 잣대가 엄격하게 느껴져 반항 어린 마음을 가지기도 했던 것 같다. 누군가는 아무 거리낌 없이 할 수 있는 것들을 나는 너무나 신중하게 해야 했었으니까. 그래서 그땐 자유와 구속이라는 정반대의 속성을 두고 지금보다는 이분법적인 사고를 하고 있었다. 나는 자유로운가 혹은 억압받고 있는가로 나누어 생각하며 답답해할 때도 많았다.

하지만 모든 것은 두 가지로 나누어 재단할 수 없고, 상황에 따라 유기적으로 바뀐다. 일을 시작한 지 10년이 지날 때쯤부턴 이 사실을 스스로 체감하고 받아들일 수 있었던 것 같다. 상황에 따라 어떤 것을 더 많이 누릴 수 있다면 그만큼 다른 어떤 것을 더 많이 내어줘야 하는 게 자연스러운 일처럼 느껴졌다.

그걸 알게 된 이후로는 지금 내 상태와 내가 지켜야 할 직업인으로서의 상황, 대중이 나에게 바라는 바 등을 고려해서 가장 조화로운 지점을 찾고, 이것들을 현명하게 조율하기 위해 더 애쓰게 된 것 같다.

적당함에 대해 생각하다가 문득 친구에게 이런 이야기를 한 적이 있다.

"나는 내가 슈뢰딩거의 고양이 같았으면 좋겠어."

상자를 열기 전까지는 살아 있을 수도, 죽어 있을 수도 있는 '슈뢰딩거의 고양이'처럼 나도 누군가에게 확정지어지지 않은 상태로 있었으면 하는 바람이 담긴 말이었다.

누군가 날 필요로 할 때는 주변에 있는 듯 존재하는 사람이었다가, 또 누군가가 날 필요로 하지 않을 때는 존재하지 않는 것처럼 느껴질 수도 있는 사람이길 바란다. 사라지지 않기 위해 억지로 흐름을 거슬러 가려 애쓰지 않고 그저 적당하게 존재했으면 좋겠다.

지금 나는 적당한 사람일까.

그냥
해

"그냥 해."
연습은 열심히 하는데 뭔가 잘 안 풀리는 것 같아 찜찜한 표정을 짓고 있으니 당시 함께 뮤지컬에서 호흡을 맞추던 선배가 건넨 말이었다.

그냥 한다. 이건 대충한다는 게 아니라, 그냥도 할 수 있다는 뜻일 것이다. 선배가 말의 뜻에 대해 자세한 설명을 덧붙이신 건 아니었지만, 그 안에 담긴 많은 의미가 느껴졌다.

철저하게 준비된 것 안에 존재하는 자유. 아마 그게 선배가 말하는 "그냥 해" 아니었을까.

사람이 뭔가를 '그냥' 할 수 있는 데 다다르려면 1부터 1000까지의 무수하고 세심한 세팅이 필요하다. 그렇게 세팅해두었다 해도 후에 실제 무대 위에 올랐을 때는 하나하나 계산하는 게 아니라, 세팅해둔 것 안에서 자유로워질 수 있어야 한다.

뮤지컬을 하면서 가수 활동을 할 때와는 또 다른 배움과 재미를 얻었다. 손을 하나 드는 장면에도 많은 고민이 필요했다. 예를 들면 이런 것들이었다.

'손을 그냥 드는 게 아니라 지금 배역이 처한 상황이 이러하니 얼굴 위로 높이 손을 들지는 못할 거야. 그러니까 쇄골까지만 들어야겠다. 그럼 그때 손바닥은 어떻게 할까? 쫙 펴볼까? 아니지, 그렇게까지 높이 들지도 못하는데 조금 접히는 게 자연스럽겠다.'

이렇게 계산하고 생각한 뒤 연습을 반복했더니 실제 무대 위에서는 어느 순간 다른 배우분들과 호흡을 맞춰 가면서 자유롭게 느끼고 표현할 수 있는 여유가 조금씩 생겼다. 녹화본을 상영하는 포맷과 달리 매번 라이브로 진행되는 무대는 살아 움직이는 존재처럼 시시각각 미묘한 변화를 거듭한다. 그런 무대에서 내가 맞닥뜨리게 될 경우의 수를 대비하지 않은 상태라면, 당장 느끼는 당혹감이나 리액션이 보여줄 수 있는 것의 전부가 되어버린다. 이건 자연스러움과는 다른 것이다. 그러고 싶지는 않았다.

정신없이 상황에 끌려가는 것이 아니라 내가 어떤 상태로 연기하고 있는지를 제대로 알고, 관객과 호흡하는 여유도 생겼으면 했다. 그런데 많이, 많이 생각하고 연습하면 찰나의 순간에도 내가 어떻게 반응할지를 선택할 수 있는 방이 생긴다.

일을 감으로 하지 않으려고 노력한다. 그때그때 감에 의지해서 대처하듯 일하면 언젠간 빈 곳이 들통나기 마련이다. 그래서 연습할 때만큼은 철저하게 사소한 것들을 시뮬레이션하듯 돌려보는 편이다.

내가 고민한 여러 방법들을 시도해본 후에 최선의 선택지를 고르는 것이 중요하다. 관객이 만족할 만한 최고의 결과물을 보여주었는가 묻는다면 그건 다른 이야기가 될 수도 있겠지만, 아무튼 내가 할 수 있는 최선까지는 도달해보고 싶다.

앙상블의 미학

노래를 업으로 삼고 싶다는 생각을 처음 했던 것은 실용음악학원에 갔을 때다. 학원에 갈 때까지만 해도 정말로 가수가 되고 싶어서 갔다기보다는 분야에 대한 호기심 반으로 발을 들였더랬다. 그런데 거기서 합주라는 걸 처음 하면서 이 일이 업이 되었을 때를 상상했고 설렘을 느꼈다.

당시 학원에는 앙상블 수업이라는 게 있었다. 악기 파트와 보컬이 곡 하나를 과제로 받아 함께 연습하는 것인데, 이후 대학교 실용음악과에서도 했던 수업이다. 난 이 앙상블 수업을 통해 처음 노래와 사랑에 빠졌다.

남들보다 성량이 좋아서 혹은 장기자랑이나 가요제 같은 데서 주목을 받았을 때의 첫 느낌이 좋아서 노래를 시작하는 사람도 있지만 나는 다른 것보다도 특히 함께 할 때의 조화로움이 좋았다.

합주를 위해 모인 모두가 살아온 환경이 다르고 성격이 다르며 서로가 어떤 사람인지 알지 못하는데 음악이라는 카테고리로 묶여서 같이 호흡을 맞춘다는 게 너무 매력적이었다. 우리가 생각한 대로 실제 연주와 가창이 딱 맞아떨어질 때 오는 쾌감도 너무 좋았다. 학원에서 만난 지 얼마 안 된 친구들이 카운트 네 박자 뒤에 한 곡만을 바라보면서 나아가는 게 너무 신기했던 거다.

지금도 여러 형태의 무대 중에서 콘서트를 특히 좋아하는데, 그 이유 역시 앙상블과 연결된다. 이번에 솔로 콘서트를 하면서도 처음 합주할 때 생각이 종종 났다. 사람들에게는 '이창섭' 콘서트로 불리지만, 사실은 이 무대를 조화롭고 완성도 있게 만들기 위해 댄서분들부터 밴드 세션, 스태프까지 정말 많은 분이 고생하며 호흡을 맞췄다. 빠르게 피드백을 주고받고, 연습하고, 개선할 점들을 하나하나 찾고 반영해 콘서트가 완성된 것이다. 합주로 한 곡 끝내는 것도 쉽지 않은데, 콘서트 자체를 함께 완성한다는 것은 정말 유의미한 작업이다.

게다가 호흡을 맞춰가는 것에서 그치지 않고, 많은 사람 앞에서 선보일 수도 있다. 특히 콘서트 오프닝에서는 쾌감이 최고조에 달한다. 가장 신경 쓴 부분이 무엇인지 꼽기 어려울 정도로 치열하게 준비해온 무대가 딱딱 맞아떨어지며 관객에게 가닿는 순간이 좋다. 심지어 더 큰 응원과 에너지가 무대로 돌아오기까지 하니 직업 만족도가 충만해지는 순간이다.

매일에 집중하다 보면 이런 회고의 기회를 놓치기도 하는데, 이야기하다 보니 새삼스레 뭉클해진다. 처음 노래와 사랑에 빠졌던 순간과 닮은 일들을 계속 확장해서 해나가고 있다는 게 신기하고 뜻깊게 다가온다.

진심을 담은 노래

혼자 새벽에 영화관에 가 〈내 사랑〉이라는 영화를 본 적이 있다. 화가 모드 루이스의 일생을 다룬 멜로 영화였는데, 한참 바쁠 시기에 지쳐 있었기 때문일까. 영화를 보는 동안 왜 그렇게 눈물이 났는지 모르겠다. 특히 모드 루이스 역의 배우 샐리 호킨스가 극 중 남편 역인 에단 호크에게 "고생했어요"라고 말하는 장면에서는 느닷없이 눈물샘이 터져서 한참을 끅끅거렸다.

은근 감성적인 구석이 있어서, 영화나 드라마를 볼 때

감정이 와닿는 순간을 좋아하는 편이다. 아마 내가 이 업을 애정하는 이유와 연결되어 있을지도 모르겠다.

이렇게 느닷없이 눈물이 흐르는 순간의 기분들을 기억으로 고스란히 담아두었다가 다음에 언제든 꺼내 표현해낼 수 있었으면 좋겠다. 고음으로, 기교로 꾸며진 노래가 아니라 기억과 마음을 연결해주는 노래를 부르고 싶다는 생각을 종종 한다.

노래에 진심을 담는 것은 가창을 잘하고 못하고와 꼭 관련 있는 건 아닌 듯하다. 실력이 서툴러도 마음을 담아 노래하면 듣는 사람에게 전해져 눈물을 흘리듯 말이다.

〈이등병의 편지〉를 부른다고 가정해보자. 이 노래를 입대를 앞둔 사람이 부르는 것과 전역한 지 꽤 시간이 흐른 가수 이창섭이 부르는 것. 과연 어떤 노래가 더 듣는 이의 마음에 와닿을까? 내 생각엔 입대를 앞둔 사람이 부른 〈이등병의 편지〉가 압도적으로 힘이 셀 것 같다.

그럼 〈서른 즈음에〉를 진짜 서른을 지나고 있는 고달픈 회사원과 갓 신입생이 된 스무 살 대학생이 부른다면 어떨까? 이 경우도 마찬가지다. 두 사람 모두에게 진심이 담겨 있었다고 해도, 분명 진짜 서른을 지나고 있는 그 사람이 부르는 노래에 훨씬 힘이 있을 것이다.

이런 생각을 할 때면 내가 무대에 서서 노래할 때 얼마나 진심을 담아야 하는지, 얼마나 섬세하게 불러야 하는지가 확실히 와닿는다. 〈이등병의 편지〉를 불러야 한다고 해서 군대를 다시 갈 수 없고, 마흔이 다 되어서 〈서른 즈음에〉를 부르게 됐다고 다시 30대로 돌아갈 수 없으니, 최대한 나에게 남아 있는 그 순간의 기억을 잘 떠올려 진심으로 부르는 게 내가 할 수 있는 최선일 것이다. 그때그때 내가 느끼는 감정, 보았던 풍경, 떠올렸던 단상 등을 기억으로 선명하게 간직하고 싶어 하는 이유이기도 하다.

노래에 진심을 담는 것과 감정을 너무 꽉 눌러 담는 것을 헷갈리지 않는 노력도 필요하다. 내가 감동했던 노래, 눈물지었던 노래들을 떠올려보면 거기에는 틈이 존재했던 것 같다.

듣는 사람이 자기만의 노래인 것처럼 느끼고, 자신의 상황에 이입도 해보고, 그 사람만의 상상의 나래를 펼칠 수 있는 그런 틈 말이다. 그런 여유를 두지 않고 과하게 상상하거나 빽빽하게 해석을 채워 불러버리면 듣는 이가 들어올 틈이 사라지기 쉽다. 그래서 심심한 듯 심심하지 않은 듯한 적당한 느낌을 가져가기 위해 노래를 부를 때 신경을 많이 쓴다.

오늘도 꾸미지 말자. 힘을 빼자.

진실되자.

알아보고 포착하기

아침에 바람 좀 맞아야지 하고 베란다 문을 열었는데 메뚜기 한 놈이랑 눈이 마주쳤다. 아니, 새도 아닌데 10층이 넘는 높은 곳까지 어떻게 올라온 거지? 여기까지 올라온 것을 보니 보통은 아닌 놈인 듯하다. 독한 것.

시시콜콜한 일과 중요한 일. 다양한 무게를 가진 일상과 에피소드가 매일 다가왔다 지나간다. 대수롭지 않게 흘러가는 일도 있지만, 별거 아닌 데서 시작된 생각이 마음속에 선명한 감정으로 남는 일도 있다. (메뚜기가 나에게 강렬한 무언가를 남겼다는 뜻은 아니고….)

나는 영감을 느끼기 위해 의식적으로 무언가를 시도해보는 타입과는 거리가 멀다. 오히려 불현듯 찾아오는 것들에 더 힘이 있다고 생각하는 쪽에 가까운 것 같다.

내게 영감이 되었다고 할 만한 것들은 대부분 일상과 멀지 않은 곳에 있었다. 매일을 살다가 마주하는 자연 속 한 장면이나, 나에게로 기꺼이 찾아와준 감정 같은 것들. 거기서 느낀 바가 내게는 더 강렬하고 진실되게 와닿았다.

나는 다른 감각보다는 시각적인 것에 영향을 좀 더 받는 편이다. 시각적이라고 표현하니 좀 추상적인 느낌이 드는데, 분야를 디테일하게 설명해보자면 미술 작품이나 전시 같은 분야는 아닐 것이다. 조예가 깊지 않아서(혹은 잘 몰라서일 수도) 감흥을 확 느끼지 못한다. 그러나 날씨와 풍경의 조각 그리고 이미지에서는 영감을 자주 얻곤 한다. 특히 계절이 바뀌는 순간에는 감각이 더 살아나는 것처럼 변화에 민감해진다. 하늘의 높이, 공기 그리고 피부에 닿는 바람까지 달라진 걸 느낄 때면 감성적인 부분을 담당하는 신체 기관이 확장된 것 같다고 해야 할까.

계절뿐 아니라 날씨도 마찬가지다. 예를 들어 창밖으로 물 튼 것처럼 비가 콸콸 쏟아지는 날, 거짓말처럼 비가 그친 뒤 구름 걷힌 틈 사이로 빛 한 줄기가 선명하게 비쳤을 때. 그럴 땐 젖어 있던 기분까지 잘 마르는 것 같고 왠지 더 잘할 수 있을 것 같은 느낌이 든다.

이런 느낌이 드는 순간들을 세세히 포착하고 기억하고 싶다. 의도적으로 노력한다고 해서 찾을 수 있는 순간은 아닌 만큼, 일상의 순간에 영감이 찾아올 때면 잘 담으려고 레이더를 세운다. 아마 무언가를 표현해야 하는 직업군에 속한 사람이라면 이런 생각에 더 공감할지도 모르겠다. 어떤 노래는 비에 젖은 것처럼, 어떤 노래는 햇빛이 쨍한 것처럼, 어떤 노래는 선선한 바람이 부는 것처럼 부르고 싶다.

한편 듣는 사람에게도 저마다 노래를 통해서 떠올려 보는 단상이 있을 것이다. 나도 노래에 따라 그 곡에 각인된 계절의 풍경, 날씨, 온도, 냄새 같은 것이 확 되살아나는 기분을 느끼곤 한다. 가령 마이클 잭슨 앨범을 들으면 처음 가수라는 직업에 마음을 빼앗겼던 그 시절이 떠오르면서 후덥지근한 여름날의 수원 고향집으로 순식간에 돌아간 것만 같고, 야다의 〈진혼〉을 들으면 오락실에서 형들이 부르던 노래를 귀동냥하던 초등학생 시절이 눈앞에 그려지면서 코인 노래방 부스 안에서 나던 냄새 같은 것까지 기억나는 것처럼 말이다.

나에게 노래가 추억을 되살리는 계기가 되곤 하듯, 나도 평소에 공기, 냄새, 온도, 기분 등을 잘 포착해두었다가 노래를 부를 때 서랍 속에서 꺼내어 담아낼 수 있었으면 좋겠다. 잘 기억한 다음 내 것으로 소화시키고, 노래로써 바깥에 잘 내보내고 싶다. 누군가 내 노래로 자신의 기억 속 한 페이지를 떠올린다면 그야말로 정말 근사한 일일 것이다.

사람들의 추억에, 기꺼이 떠올리고 싶은 한 순간에 내 노래가 있다는 건 일하며 느낄 수 있는 가장 큰 기쁨이 아닐까.

내게 영감이 되었다고 할 만한 것들은
대부분 일상과 멀지 않은 곳에 있었다.

매일을 살다가 마주하는 자연 속 한 장면이나,
나에게로 기꺼이 찾아와준 감정 같은 것들.

힘든 시기를 지나고 있지만

지나온 시간에 후회를 거의 하지 않는 편이지만, 내 목 건강을 좀 더 보호할 수 있었을 것 같은 순간들을 떠올리면 계속 아쉬움과 후회가 뒤엉킨다.

목이 예전 같지 않다. 이전엔 목이 까끌거려도 계속 노래를 부르다 보면 풀리곤 했는데, 성대에 폴립이 생긴 이후 한동안은 아예 노래를 부르지 못할 정도로 상황이 좋지 못했다. 노래를 부르는 게 본업인데 반년 가까이 내 일을 할 수 없고 연습조차 할 수 없는 상황이 이어지자

무척 상실감이 들었다. 성대도 계속 부르는 버릇을 해야 힘이 붙는데, 노래를 부르지 못하는 동안 약해진 성대의 힘을 언제 다시 끌어올릴 수 있을까 하는 생각에 마음이 갑갑했다. 다행히도 지금은 한참 안 좋았을 때보다 많이 회복되어 앨범 활동까지도 할 수 있게 되었고, 꾸준히 치료를 받아 전국 투어 콘서트를 하는 동안 완쾌 판정도 받았다.

나는 일에 좀 연연하는 타입이다. 인간관계에서는 다가왔다가 떠나는 사람들에게 그렇게 연연하지 않는데 일에는 왜인지 그게 잘 안 된다. 여러 이유가 있겠지만, 그중에서도 특히 좋은 무대를 보여주지 못하거나 실수했을 때 시간과 돈을 써가며 와준 사람이 온 걸 후회하진 않을까 걱정하는 마음이 큰 것 같고, 좋은 무대를 보여주어야 한다는 책임감에서 기인한 두려움도 한몫하는 것 같다.

최근엔 두려움이 조금 더 몸집을 키워 마음을 힘들게 했던 날이 있었다. 페스티벌을 앞두고 합주를 하는데, 목 상태가 그렇게 좋지 않다는 걸 알고 있어서인지 갑자기

의기소침해지면서 겁이 확 나는 것이었다. 전에는 노래할 때 음 이탈이 날 것 같거나 소화하기 힘든 음역대에선 잘 부르기가 어려울 수도 있겠다 하는 느낌이 있었는데, 아픈 이후로는 내 목 상태를 예측할 수 없게 되었다. 내가 생각하는 내 몸은 지금 이 곡을 부를 수 있는 컨디션인 것 같은데 갑자기 음이 나가기도 하고, 분명 그 고음을 낼 수 있을 것 같은 느낌이었는데 음이 없이 빈 소리가 나는 것이다. 예상하지 못했던 상황을 겪을 때마다 지뢰밭을 걷는 것처럼 혼란스러웠고 쪼그라들었다.

합주를 마치고 같이 계셨던 소속사 이사님과 이야기를 나누다 이런 어려움을 넌지시 털어놓았는데, 이사님이 담백하게 툭 한마디하셨다.

"뭐 그렇게 잃을 게 많다고. 네 노랜데 네가 겁내면 어떡해."

그때는 잘할 수 있을 거라는 막연한 위로보다 보태거나 빼지 않고 그대로를 짚어주는 말이 나에게 딱 알맞은 힘이 되어주었다. 뭉뚱그려 생각하면 실체 없는 두려움이 사람을 더욱 위축되게 만드는데, 현실적인 한마디에 얼음 땡, 한 것처럼 두려움이 세력 확장을 멈춘 것이다.

그래, 나는 잠깐 겁이 났고 주저했을 뿐이다. 이제부터 이 두려움을 해결하면 된다. 아마 뾰족한 수는 없을 것이다. 그러니 하나하나 눈앞의 일들을 해결해가며 다시 나아가는 수밖에 없다.

두려움 깨부수기

첫 정규 앨범 발매 전 출연한 방송에서 노래 부르는 콘텐츠가 있었다. 컴백 전이라 그런지 촬영 며칠 전부터 오랜만에 방송에서 노래할 생각을 하니 상상만으로도 계속 긴장이 되었다. 긴장이 되면 녹화 현장을 상상해도 이상하게 긍정적으로 흘러가지 않고 긴장만 고조되는 경향이 있다. 그래서 녹화를 앞두고 일상생활 도중에 틈틈이 마인드 세팅을 많이 했다.

이런 종류의 긴장감은 대부분 잘하고 싶은 마음 때문에 생기는 것이다. 실수 없이 좋은 무대를 보여주고 싶은 마음이 강하기 때문인데, 그 마음이 긴장감으로 둔갑하면 어떨 때는 두려움이나 무서움 쪽으로 흘러가 몸집을 불리기도 한다. 그렇게 두려운 마음이 내 안에 침입하면, 혼자 대화하듯 이렇게 생각해보려고 한다.

'나 지금 무서운 마음이 드네. 그래, 무서워하는 건 알겠어. 왜 무서운 거지? 아, 잘하고 싶은데 그 마음 때문에 올라가기 직전에 압박감이 너무 많이 느껴져서 무서운 거네. 그런데 무섭다고 피할 건 아니잖아. 어쨌든 해야 하는 거니까. 그럼 해내보자. 잘 해내고 나면 다음번엔 덜 무서울 거야.'

감정을 하나하나 뜯어보는 거다. 내가 지금 무섭다는 것을 스스로 알아차리는 게 중요하다. 감정을 컨트롤할 때 내가 지금 어떤 기분인지, 어떤 마음인지를 객관화하고 멀리서 바라보면 도움이 된다고 한다. 자각하는 게 굉

장히 중요한 거라고 어디선가 배운 후로는 내가 지금 어떤 '상태'인지를 알아차리려고 노력한다.

이후 무대에서 연습해온 대로 무사히 해냈다면 그것이 두려움의 대상일 필요가 없었다고 되새긴다. 두렵지 않아도 된다는 것을 내가 나에게 증명해주는 거다.

실체 없는 감정에 사로잡히는 것을 경계하려는 편이다. 안 그러면 끝도 없이 위축되는데, 그렇게 쪼그라든 마음은 무대에서 사람들에게 들키기 십상이다. 그런데 무대를 무서워하지 않기 위해 아무리 연습을 해도 무대에 오르기 전 최후의 두려움 한 꼬집은 잘 사라지질 않는다. 투어 콘서트나 앨범 발매 후, 첫 공연 전에는 버릇처럼 위경련이 온다. 뮤지컬 작품 첫 공연도 마찬가지다. 2막 정도까지 가기 전에는 언제나 그 떨림이 남아 있다. 이때가 정말 나와의 싸움인 것 같다.

'거봐, 두려워할 필요 없었지?' 하고 내가 나에게 증명해주면 조금 더 자신감이 생긴다. 그래서 나는 내일도 연습한 대로 무대를 해내고, 내 안의 두려움을 한 꺼풀 벗겨낼 것이다. 혹시나 예기치 못한 실수가 좀 있었다 할지라도, 내가 괜한 걱정으로 두려워했던 일들은 사실 일어나지 않는 것이었음을 깨달으면서 앞으로도 잠깐잠깐 몰려오는 감정들을 잘 다뤄보고 싶다.

그렇게 차츰 두려움이 물러가길 바라면서.

…네!

생애 첫 오디션은 정말 하나도 떨리지 않았다. 이 문장만 놓고 보면 왠지 잘난 척하는 것처럼 느껴질 수 있는데, 사실 내가 떨리지 않았던 이유는 가수가 될 거라는 생각 근처에도 가본 적이 없기 때문이었다. 보컬 학원을 다녔던 이유는 데뷔가 아니라 입시 준비를 위해서였다. 그러니 자연스럽게 보컬을 전공해서 나중에는 누군가를 가르치는 일을 하면 좋겠다고 생각했다.

고등학교 3학년 때의 어느 날이었다. 여느 때와 다름없이 학원으로 연습하러 갔는데 그때 학원 안 공기가 묘하게 달랐다. 왜인가 하고 보니 오디션이 진행 중이었다. 엔터테인먼트 관계자분들이 오셔서 내방 오디션을 보는 거라고 했다. 현장 진행을 도와주시던 학원 선생님께서 지금 이 자리에서 접수해도 된다며 나에게 한번 해보라고 권유하셨다. 선생님의 안내에 따라 나도 자연스럽게 신청서를 썼다. 배짱도 아니고 용기도 아니었다. 그냥, 그냥 얼떨결에 나에게 주어진 미션 같은 거였달까.

차례를 기다리며 연습실로 들어가서 그제야 어떤 곡을 부를지 고민했다. 가수가 되겠다는 생각도 해본 적이 없는데 게다가 엔터테인먼트 오디션이라니, 연습생이라니. 내가 생각한 인생과는 너무 먼 곳에 있는 일들이라 기대조차 들지 않는 상태였다. 그렇게 한결 평온한 마음으로 멀뚱멀뚱 오디션을 보러 들어갔다. 지금 생각해보면 오히려 마음이 평온해서 더 잘할 수 있었던 것 같다. 무대를 너무 열심히 준비하다 보면 힘이 안 빠져서 오히려 긴장되고 떨릴 때도 많기 때문이다. 지금도 무대 올라가기 직전 마지막 최후의 두려움만큼은 가시질 않는데, 그때는 어쩜 그렇게 마음이 편했는지 모르겠다. 아무것도 모르는 상태라 오히려 편했던 걸까.

그런데 여기서 예기치 못한 상황이 벌어진다. 맙소사, 춤을 추라는 거다. 춤을 춰본 적이 있어야 말이지. 기본기 하나 배워본 적 없는 상황에서 춤을 춰볼 수 있겠냐는 말을 들었을 때는 솔직히 적잖이 당황했다. 거기서 어떻게 그런 대답이 튀어나왔는지 모르겠지만, "춤을 춰보진 않았지만, 노래 틀어주시면 뭐라도 춰보겠습니다"라고 말했다. 당시 1차 오디션을 합격했던 정확한 이유를 알지는 못하지만, 갑작스러운 상황에서 뭐라도 해보려고 하는 태도를 혹시 좋게 봐주신 건 아닐까 싶다.

누군가 '부끄러움이 많고 내성적인 편인데 가수를 꿈꿔도 괜찮을까요?' 하고 조언을 구한 적이 있다. 미디어를 통해 알려진 내 성향이 외향적이지만은 않은데, 그럼에도 〈전과자〉 등의 방송에서는 또 활발하게 적응하는 듯한 모습을 보여 그런 질문을 한 게 아닐까 싶다. 질문에 대한 내 생각은 이렇다. 그 사람의 실제 성격이 어떻든 간에, 무대에 섰을 때 준비한 퍼포먼스를 부끄러워하거나 주저하지 않고 보여줄 수 있는지가 더 중요한 것 같다. 실제로 나뿐 아니라 같은 업에 종사하시는 많은 분이 카메라나 무대 위에서 내뿜는 강한 에너지와 달리 실제 성격이 내성적인 경우도 허다하다.

나도 처음부터 '가수란 무대에서 준비한 걸 부끄럼 없이 보여줄 수 있는 사람이어야 한다'라는 뚜렷한 철학이 있어서 오디션에서 대뜸 춤을 춘 건 아니다. 어쩌다 보니 그렇게 한 거다. 하지만 내가 그날로 다시 돌아가 오디션 현장까지 내성적인 모습을 가져와 쭈뼛거렸다면 아마 지금의 이창섭은 없었을지도 모른다.

어떤 기회는 우연처럼 찾아오고, 어떤 기회는 내가 모르는 사이 흘러갔을 것이고, 또 어떤 기회는 처음부터 꼭 계획되었던 것처럼 찾아온다.

진짜 알다가도 모를 인생이다.

온 더 스테이지,
인 더 라이프

테이크 원, 투와 편집이 없는, 긴장되면서도 매력적인 분야. 내가 뮤지컬을 좋아하는 이유 중 하나다.

가끔 무대가 살아 있는 생명처럼 느껴질 때가 있다. 그날의 상황, 상대방과의 호흡, 객석에서 오는 에너지 같은 환경으로 인해 공연이 만들어내는 느낌이 미묘하게 달라지는 것을 느낄 수 있어서이다.

어떤 말을 한 번 한 뒤 너무 좋아서 그 말을 똑같이 반복한다 해도 처음 말했을 때의 감정을 다시 느낄 수는 없다. 이처럼 나는 지나가면 다시는 돌아오지 않을 찰나라는 것의 속성이 좋다. 그래서 추억을 곱씹어보는 것도 좋아하는 건지도 모르겠다.

맡은 배역의 인생을 공부하면서 생각을 많이 하게 되는 순간들도 좋다. 캐릭터 한 명, 대사 한 구절에도 '왜'라는 것이 늘 존재한다. 이 인물이 왜 이 말을 했을까. 누구를 향해 하는 이야기일까. 어떤 메시지를 담고 있는 내용이지? 하고 고민할 수 있는 시간이 많이 주어진다. 어떤 사람에 대해 이토록 골몰할 수 있는 시간이 얼마나 있겠는가. 게다가 일로서 사람에 대해 생각해볼 수 있는 시간이라니.

그렇게 배역에 대해 고민하다 보면 자연스럽게 그 고민이 내 인생으로도 흘러갈 때가 종종 있다. 가수로서 노래할 때도 인생을 돌아볼 수 있는 순간이 문득문득 있는데, 뮤지컬에서 노래를 부를 때는 또 다른 느낌의 순간들이 온다. 연출과 여러 배우가 약 두 시간 동안 무대 위에서 한 작품을 선보이기 위해 오랜 기간 준비하고 연구하는 과정은, 에너지를 3~4분 내외로 압축해서 보여주는 가수로서 무대를 준비하는 것과는 또 다른 고민들을 던져주었다. 그렇게 내 인생에 대해 고민하고 나면, 그 고민이 다시 연기와 시너지를 이루기도 했다.

출연했던 모든 작품이 제각각의 의미를 남겼는데, 그중 삶의 공감대를 많이 느끼게 해준 작품은 뮤지컬 〈멤피스〉였다. 주인공 휴이의 삶을 들여다 보며 내 인생과 맞닿아 있다고 느껴지는 부분이 여럿 있었고, 그 순간을 마주할 때마다 시너지를 많이 얻었다.

〈멤피스〉는 1950년대 미국에서 인종차별이 심하던 시기에, 라디오에서 처음으로 흑인 음악으로 통용되는 '로큰롤'을 튼 백인 DJ 휴이의 이야기다. 휴이는 개성이 진하고 다채로운 캐릭터다. 그 캐릭터가 소년에서 어른으로 바뀌는 과정을 보여주면서, 나의 소년 시절 그리고 데뷔 이후의 삶이 함께 흘러가는 기분이었다. 휴이는 로큰롤을 사랑하는 평범한 청년에서 라디오 DJ로, 이후 로큰롤 TV쇼 진행자가 될 정도로 유명해지지만, 더 유명해질 수 있는 기회를 잃고 잘 알려지지 않은 라디오 방송국으로 가 DJ로 활동한다. 마지막에 그가 몇 안 되는 청취자들을 두고 방송하는 장면이 있는데, 그 장면에서는 '언젠간 나도 저런 순간이 오겠지?' 싶기도 했다. 인기를 얻고, 전성기를 맞이하고, 자연스럽게 내리막길을 걷게 되는 과정. 그런 시간의 흐름을 작품을 통해 한번 미리 겪는 느낌이었다.

특히 기억에 남는 가사가 있다. 〈Steal Your Rock N Roll〉이라는 곡 중 "이 세상 사람들 내게 뭐라든지 듣지 않았지. 그 잘난 사람들 모두 날 비난할 때 내 갈 길 갔지"라는 가사이다. 좋은 말과 싫은 말, 나를 둘러싼 많은 것들이 존재하지만 그럼에도 묵묵히 내 갈 길을 갈 수 있는 것. '그래, 그런 게 인생이겠다' 하는 생각에 많이 공감했다.

요즘은 영화나 드라마를 볼 때 표현하는 사람으로서 관찰자적인 시선에서 인물을 보게 될 때가 많다. 아마 뮤지컬 덕분일 것이다. 인물이 상황을 맞닥뜨렸을 때 어떻게 표현을 하고 있는지가 먼저 눈에 들어오고, 나라면 어떻게 반응할지도 생각해보게 된다.

전과 다른 무언가가 보인다는 건 즐거운 일이다. 다음에 나는 어떤 인물과 가까워지고 그 인물을 표현하기 위해 어떤 고민을 하게 될까.

잘 서 있기

뮤지컬 〈명성황후〉를 할 때 제일 많이 고민했던 것은 잘 걷고, 잘 서 있는 것이었다. 〈명성황후〉에서 내가 맡은 역은 무관 홍계훈이었다. 사랑하는 사람을 위해 목숨을 바칠 줄 아는 충정과 명성황후를 향한 지고지순한 마음이 있는 역할이다.

뮤지컬을 할 때면 창법뿐 아니라 배역 그 자체를 표현하는 데 많은 공을 들이려고 노력한다. 홍계훈을 맡았던 당시가 전역한 지 얼마 안 됐을 때라 무관의 역할이나

이미지, 느낌은 어느 정도 짐작하고 표현해볼 수 있었는데, 왜인지 걸음걸이만큼은 생각처럼 되지 않았다. 걸음에서 그 사람의 무게가 드러나야 하는데 그 당시 내가 떠올린 홍계훈에 비해 내 걸음이 자꾸 가볍게 느껴지는 것이었다.

연습 시간이면 연습실 모서리에 서서 나와 나이대가 다른 배우 선배님들의 걸음걸이를 계속 관찰했다. 저분들이 어떻게 걸었지, 멈출 때는 어떻게 했지, 허리는 접혀 있었나? 어딜 보고 있었지? 시선 처리와 손의 모양, 발의 방향 등을 하나하나 뜯어서 관찰하고 또 따라 해보며 연습실을 참 많이 걸었다.

그런데도 걸음걸이뿐 아니라 서 있을 때조차 느낌이 다른 것 같았다. 거듭되는 의문이 해결되지 않아 하루는 연습 중에 어떤 분께 물어보기도 했다. 무대 위에서 곡을 가창하고, 정해진 타이밍에 동선을 잘 이동하고, 무술 신을 무사히 해내는 일도 중요하지만 가장 기본은 잘 서 있고 잘 걷는 것이었다. 그런데 그게 제일 힘드니 답답한 마음이 쉽게 가시질 않았다.

경험이 이미 내공으로 쌓인 선배님들은 무대 위에 그냥 서 있어도 그 배역이 되어 있는데 아직 거기까지 다다르지 못한 나는 구름에 떠 있는 것처럼 느껴졌다. 그런 내 모습이 싫어서 연습 시간엔 모퉁이를 따라 걸었다. 내가 나오는 신을 제외한 시간에는 계속 걸었다. 발뒤꿈치부터 시작해 발가락으로 힘을 주고 넘어가는 과정까지 천천히 느끼며 걸었다.

나중에서야 깨달았지만 내가 선배님들과 서 있는 모습에서도 차이를 느낀 것은 무대에 뿌리를 내린 깊이의 차이가 존재하기 때문이었다. 배역으로서 잘 서 있고 잘 걷기 위해서는 무대 위에서 겪는 압박과 쏟아지는 에너지를 견뎌내는 훈련이 되어 있어야 하는데, 그런 훈련은 단기간에 열심히 연습한다고 바로 되는 것이 아니지 않은가. 무대 위에 서면 많은 기운이 피부에 닿는다. 객석 쪽으로 조명을 비추지 않아도 관객이 얼마나 와 있는지, 어떤 표정으로 작품을 관람하는지 보이고 또 배우가 내

뿜는 에너지와 분위기에 따라 관객이 얼마나 이 작품에 몰입하고 있는지가 느껴진다. 그런 기운이 고스란히 무대 위로 와닿는데, 내공과 연륜이 없으면 버티는 힘이 당연히 달릴 수밖에 없었던 것이다. 그러니까 나에게는 꾸준히 실전을 겪으며 배우로서 쌓아가는 시간이 필요했던 거다.

그때 내가 연습실에서 하염없이 걸었다고 해서 무대에서 바로 결과가 보이진 않았을 것이다. 하지만 그 시간이 내게 잘 버텨낼 수 있는 힘을 준 것은 확실하다. 그리고 그 시기에 좋은 선배님들이 곁에 계셔서 다행이다.

어떤 것을 고민하고 있으면 선배님들은 답을 정해주시기보다는, 내가 직접 방향을 찾아가고 배역을 만들어갈 수 있도록 질문을 던져주셨다. 덕분에 맡은 배역에 대해 고민하고 생각할 틈이 더 많이 생겼다.

지금의 난 그때보다 잘 서 있나?

건강하게

내 탓

가끔은 일이 잘 안 풀릴 때도 있다. 남 탓하는 걸 유독 경계하는 편이라 그럴 때면 나에게서 아쉬운 점을 찾아보려고 하지만 왜인지 거듭해서 일이 잘 안 풀리면 환경이든 상황이든 다른 것을 탓하고 싶은 순간이 찾아온다. 그런 게 일종의 방어기제라고 들은 것 같다. 내가 무언가 부족해서 잘 안 된 거라 생각하면 버거우니까 다른 요인을 찾아보고 바깥을 탓하는 거다.

반대로 문제가 뭔지를 내 안에서만 찾으려 하다가 자책이 심해져 기울어버리는 것도 위험하다. 타인, 회사, 환경 등을 내가 선뜻 바꿀 수 없으니 스스로 나아질 점을 찾으려던 게 어느 순간엔 질책처럼 변질되기도 하는 것이다. 그래서 항상 내가 건강하게 '내 탓'을 하고 있는지를 돌아봐줘야 하는 것 같다. 나도 머리로는 이처럼 균형감 있는 '내 탓'을 추구하고 있지만 실제로 그렇게 행동하고 생각하는 건 결코 쉽지 않다.

그래도 내가 지금까지 조금이라도 남의 핑계를 덜 대고, 상황 탓을 덜 해보고자 애쓸 수 있었던 데는 연습생 때 춤을 레슨해주셨던 한 선생님의 말씀이 큰 영향을 끼쳤다.

"네가 뭘 바라기 전에 그 사람이 해주고 싶어질 수밖에 없게끔 만들어져 있어야 해. 뭘 탓하기만 하는 사람이 되지 말고, 너에게 뭔가 해줄 수밖에 없는 상태가 되도록 노력해봐."

그때 이 말이 마음속에 훅 하고 박혔다. 내가 뭔가를 탓하고 싶었을 때여서 그랬던 걸까.

아니면 탓하며 살고 싶지 않아서 더 와닿았던 걸까. 왜인지 정확히 알 수 없지만 그 말은 강렬하게 마음에 남아 지금까지도 내 인생관을 차지하고 있다. 당시 선생님의 말씀을 요약하자면 "남 탓하지 말고 너를 돌아봐라"는 의미였던 것 같다.

어떤 분야든 비슷한 속성이 존재하겠지만, 연예계라는 생태계는 갈수록 흐름이 빨리 바뀌고, 정해진 성공 공식도 없기 때문에 타이밍이나 취향, 트렌드, 콘셉트에 따라 결과가 달라지는 일이 빈번하다. 아무리 연습을 열심히 하고 실력을 갈고닦았어도 결과가 좋지 않을 때도 있다. 그렇기 때문에 무언가가 잘 안 된 이유를 '운'으로 돌리기도 쉬운 것 같다. 부정적인 결과를 받고도 건강하게 잘 소화해서 이겨내기에 연습생은 어리고 미숙하니까, 그때의 우리는 입을 삐죽거리며 운이 안 따라줬다고 탓하는 게 편했을지도 모른다. 그래서 선생님이 그런 말을 해주셨던 게 아닐까. 열심히 했는데도 생각만큼 평가 결과나 코멘트가 좋지 못할 때 당장은 억울한 마음이 불쑥불쑥 올라오겠지만, 그때마다 억울한 마음만 가지면 기회가 찾아오지 않는다고, 왔다가도 금세 다른 곳으로 흘러가버린다는 것을 알려주고 싶으셨던 것 같다. 순간의 감정에만 치우치지 말고 결국에는 기회가 나에게로 올 수밖에 없도록 언제든 준비하고 있으라고 말이다.

데뷔해보니 정말 그랬다. 일의 물꼬가 트인다고 생각되는 시점에는 선생님의 그 말이 늘 유효했다. 기회가 생겼을 때 그걸 받아낼 수 있는 준비가 잘되어 있으면 그 일은 쉽게 다른 곳으로 흘러가버리지 않고, 우리가 마냥 바라고 원할 때보다 더 좋은 제안과 일이 되어 돌아왔다.

아직도 불완전한 나라서 가만히 있으면 자연스레 바라거나 합리화하는 사람으로 기울어져버릴 때도 있다. 그럴 때마다 '내 탓'이 똑똑하게 고개를 들이밀어줬으면 좋겠다. 지금 이게 정말 외부적 요인으로 인한 게 맞는 거냐고, 네가 바뀌어야 하거나 배울 점은 없었던 거냐고 그렇게 스스로 물어볼 수 있었으면 좋겠다.

매일을 건강하게 살아가는 마음의 근육이 붙기를 기대해본다.

아직도 불완전한 나라서
가만히 있으면
자연스레 바라거나 합리화하는 사람으로
기울어져버릴 때도 있다.

그럴 때마다 '내 탓'이
똑똑하게 고개를 들이밀어줬으면 좋겠다.

선순환 시스템 만들기

학원에서 노래를 배우던 때가 참 좋았다. 레슨을 받고 난 뒤에는 다음번엔 더 잘하고 싶었고 그러다 보면 연습 시간이 늘 부족하게 느껴졌다. 그래서 집에서 가까운 피아노 학원에 찾아가 월세를 내고 밤에만 여기서 연습해도 되느냐고 원장님께 부탁드린 적도 있었다. 배우고, 연습하고, 전보다 나아지는 모든 과정이 성취감 있고 재밌었던 시기였다.

노래하는 일만큼이나 좋아하는 것이 바로 가르치는 일이다. 실용음악학원을 운영하면서 그것을 더욱 선명하게 느낀다. 나로 인해서 내 제자가 긍정적인 영향을 받고 성장하는 걸 보고 있으면 누군가에게 도움이 되었다는 사실이 감사하고 뿌듯하다. 학생들이 공연하기 전 무대 뒤에서 긴장하고 있다가, 무대 위에서 압박감을 이겨내고 잘 해내는 모습을 볼 때면 아빠 마음과 비슷한 기특함이 몰려온다. 또, 피드백을 해주면 한 번씩 눈에 띄게 성장해서 돌아오는 친구들이 있다. 6개월 전에 봤을 때와 비교가 안 될 정도로 확 바뀌었거나 본인이 노력해서 성장을 이룬 걸 보는 일도 가르치는 일의 큰 기쁨이다.

학원은 회사가 아니기 때문에 서바이벌 형식으로 경쟁 구도를 형성하기보다는, 두루두루 배울 기회를 가질 수 있도록 이끄는 게 좋은 것 같다. 그래서 한 달에 한 번 개별 멘토링을 진행할 때도, 내가 한 번 멘토링을 한 친구들은 연이어서 받을 수 없게 하고 있다. 실력이 늘려면 결국 본인만의 연습 시간이 쌓여야 하는데 그러기에 한

두 달은 너무 짧은 것 같다. 그러니 누군가가 피드백을 받고 자기 계발하는 동안 다른 친구들에게도 배움의 기회를 주면 좋겠다고 생각했다. 연달아서 혜택받는 게 가능해지면 가장 잘하는 사람만 끝없이 1등 하기가 쉽다. 그럼 격차가 벌어질 테고 나 역시 학생들을 전체적으로 살필 기회가 없어지는 것이다. 조금 더 많은 사람들이 가이드를 받고 자기만의 방법을 찾아 성장할 수 있는 건강한 시스템을 학원에서 만들어보고 싶다.

전에 정재형 선배님의 유튜브 채널에서 이야기한 적이 있는데, 난 다음 세대를 대표할 가수들이 우리 세대보다 더 뛰어나길 바란다. 그런 면에서 후배나 제자를 양성하는 일에 이바지할 수 있어 보람을 느낀다. 후배가 나보다 잘된다고 할지라도 작은 시샘도 견제도 없이 흔쾌히 축하해줄 수 있는 선배가 되고 싶다. 나는 선순환을 믿는다. 다음 세대가 뛰어나야 전 세대 가수들도 더 오래 사랑받을 수 있다고 생각한다. 케이팝 시장이 갈수록 퇴화한다면 결국 케이팝 전체가 잊힐 테니 말이다.

다른 직업들도 마찬가지겠지만 특히나 케이팝 아티스트들은 그 수명을 길게 유지하기가 어려운 것 같다. 그리고 인기가 영원하기란 불가능에 가깝다고 생각한다. 그러니 언젠간 최전성기 때로부터 서서히 내려올 수밖에 없고 그 타이밍이 저마다 조금씩 다를 뿐이다. 내려온다는 것이 기본 전제라면 나는 그 내리막길의 경사가 가급적 완만했으면 한다.

천천히 잘 내려오고 싶다. 그러기 위해서는 케이팝 시장 자체가 계속해서 발전하고 또 관심을 받아야 할 거라고 생각한다. 그래야 여러 곡들이 상생할 수 있고 거기서 기획된 새로운 콘텐츠가 파생되어 나올 것이고, 케이팝을 하는 아티스트들이 같이 무언가를 할 수 있는 계기가 더 많이 열릴 테니까.

나와 '창꼬'를 거쳐 간 학생들이 잘되어서 내 후배가 되고, 우리가 무언가를 같이 작업하는 날을 꿈꿔본다. 아니, 내 학생이 잘되어서 오롯이 축하해줄 수만 있어도 기쁠 것이다.

잘 말하고
잘 듣기

/

말을 잘하는 일은 여전히 어렵다. 평소에도 내가 의도했던 바를 잘 전달하기 위해 단어를 많이 고치기도 하고, 사람들 앞에서 어떤 단어를 선택해야 할지 고민도 많이 하는 편이다. 미디어와 매체를 통해 내가 한 말이 기록되는데, 그때마다 내 의도와는 조금 다르게 비춰졌다고 하나하나 바로잡을 순 없는 노릇이다. 그러니 가장 적합한 단어를 고르기 위해 애를 많이 쓰게 되는 것 같다.

늘 여섯 명이 한 그룹이 되어 일하다가, 솔로 활동을 시작한 후부터 방송에 출연하거나 인터뷰를 할 때 말하는 분량이 전보다 훨씬 늘어났다. 말의 무게가 결코 가볍지 않다는 것을 잘 알고 있다고 생각했는데도, 솔로 활동을 하면서 그 무게감이 새삼 묵직하게 다가온다.

어릴 땐 확실하게 의사를 표현하는 게 좋다고 생각해서 모 아니면 도 식으로 말할 때도 있었다. 하지만 많은 사람과 협업하면서 확실하게 의사를 표현하는 것이 꼭 모 아니면 도와 직결되는 건 아니라는 점도 깨달아갔다.

요즘 일할 때의 나는, 말로써 의견을 잘 조율하는 데 많은 에너지를 할애한다. 일로 함께 모인 사람들이 서로의 교집합을 발견하고 최종 결론에 다다르는 것. 그 합의점이 꼭 여러 의견의 정중앙에 있지 않을 수도 있지만, 서로가 필요로 하는 것을 내어주고 원하는 것을 얻을 수 있는 조율이 이루어지는 것. 이런 대화가 가치 있고 중요하다는 것을 실감하고 있다.

어른들과 주고받는 말만큼이나 또 쉽지 않은 것이 있

다. 바로 학원에서 학생들에게 설명할 때 쓰는 말이다. 내가 겪었던 학창 시절과 지금 내가 가르치는 학생들이 겪는 학교생활이 다르고, 그들의 세대가 경험하는 음악도 나와 다르기 때문에 관점도 다르다는 걸 느낀다. 그래서 어떻게 수업을 해야 할지, 학생들이 고민을 토로할 때 어떤 말로 답을 줘야 그 의미가 적절하게 가닿을지 늘 고민한다. 어린 친구들이 살아가는 시간에 맞춰 설명해야 하는데 그런 것들이 제일 어려운 점이 아닌가 싶다.

잘 듣는 일 역시 쉽지 않다. 여러 사람들에게 나를 보여주는 일을 하는 직업 특성상 필연적으로 다양한 말을 듣고 또 귀 기울이는 과정을 거친다. 그 안에는 긍정적인 말과 부정적인 말이 무수히 얽혀 있다. 수많은 사람에게서 오는 말들을 접할 때, 잘 듣는 힘이 없으면 금방 마음이 망가져버리기 십상이다. 나의 개성을 지키면서도 어떤 부분을 보완해야 할지 구분하여 들을 줄 알아야 한다. 사실 말만 들어도 어려운데 실천하는 것은 더 어렵다.

같이 일하는 사람의 의견과 생각을 잘 듣는 일도 중

요하다. 내가 현실에 잘 발 디디고 살려면 옆에서 악역을 자처하여 쓴소리해줄 사람도 필요하고, 내 생각과 정반대에 있는 이야기도 선뜻 해줄 수 있는 사람이 필요하다. 그래서 내 마음에 턱 하고 걸리는 말을 들을 때 잠깐은 불편하더라도 더 잘 들으려고 애쓴다. 듣기 좋은 소리는 하기 편해도, 듣기 힘든 소리는 말하는 사람 입장에서도 편치 않은 법이니까.

내뱉으면서도 입가가 까슬거리는 수고를 애정하는 마음도 없이 어떻게 한단 말인가. 그러니 용기 내 쓴소리해주는 사람이 소중한 사람인 걸 잊지 않으려 한다. 쓴소리가 내 주변을 계속 맴돌아야 내 일이 더 잘될 수 있다. 달콤한 말만으로는 살 수 없다.

잘 말하고, 잘 들으려면 매일 말에 공을 들여야 한다. 그래야 아주, 아주 조금씩 전보다 나아졌음을 느낄 수 있고, 내가 딛고 있는 땅이 잘 다져진다.

나는 어제보다 오늘 더 잘 말하고 잘 듣는 사람일까?

슬픔의 삼각형

2023년 개봉한 영화 〈슬픔의 삼각형〉은 웃기면서도 씁쓰름한, 근래 본 작품들 중에 정말 감탄하면서 본 블랙코미디 장르 영화이다.

인플루언서이지만 아직은 성공하지 못해 가난한 모델 커플이 주인공으로 나온다. 이들은 호화 크루즈 여행 패키지를 협찬받아 크루즈에 승선한 뒤 온갖 부자들을 만난다. 뼛속까지 교양 있는 사람부터 졸부 같은 사치스러운 사람까지 다양하다. 그런데 사고로 배가 전복되고,

거기서 살아남은 직원과 부자 몇 사람만이 무인도에 도착한다. 언제 구출될지 모르고, 무인도에서 화폐 따위는 아무런 가치가 없는 상황에 놓이자 크루즈에서와 달리 생존자의 계급이 식량 조달 능력에 따라 완전히 바뀌어 버린다.

영화의 전개는 계속해서 예상을 비껴간다. 그리고 부의 격차가 존재하는 세상을 냉소적으로 바라보며 부자들을 조명한다. 심지어 조금은 유머러스하게 말이다. 나는 선장과 부자 승객이 술에 취해 이념과 철학이 엉킨 대사들을 나누는 장면이 특히나 좋았다. 의미를 곱씹으며 대사를 여러 번 다시 들었다. 역시 블랙코미디 장르여서일까. 〈슬픔의 삼각형〉은 이야기가 끝나고도 계속해서 생각하게 되는 무언가를 마음속에 남겼다.

영화나 드라마를 볼 때 장르를 크게 가리는 편은 아니지만 현실을 아름답게만 혹은 비극적으로만 그리지 않고 입체적인 부분을 꼬집는 작품도 좋아한다. 웃기면서 쌉싸름하고 슬프면서도 달달한 인생의 면면을 잘 보여줘서 좋다. 그게 왜 좋냐고 묻는다면 내가 땅에 제대로 발을 디뎌서 보고 싶은 것만 보는 사람이 되지 않길 바라는 마음 때문이라고 말해주고 싶다.

내 직업은 하늘 위를 둥둥 떠다니는 사람이 되기 쉽다. 아이돌 그룹 활동을 한창 하는 10대 후반부터 20대까지는 대중에게 노출될 가능성이 있는 일 대부분을 회사가 케어해준다. 아티스트가 무언가 경험하려고 애쓰지 않아도 조력해주시는 분에 의해 자연스럽게 조정될 때가 많다. 내가 빡빡한 일정을 소화하는 동안 해외를 나갈 일이 있을 때 비행기 티켓을 대신 예약해주시는 등 나를 대신해 여러 일들을 도와주는 직원분들이 계신다.

반면 같은 시기를 살아가는 또래 친구들은 우리와는 사뭇 다른 일들을 감당하며 사회의 일원이 되어갈 준비를 한다. 혼자 자취방을 구하거나 때론 집주인과 씨름하며 어려움에 직면하기도 하고, 환승을 잘못 했네, 이 길은 택시를 탔으면 안 됐네 하면서 하루의 에너지를 다 써버리는 시행착오를 반복하기도 하며, 빠듯한 알바비를 모아 배낭여행을 떠나 별의별 상황을 겪기도 한다. 그뿐이겠는가. 회사에 들어가 사회생활을 배우고, 집을 마련하기 위해 대출을 받고 그걸 갚기 위한 계획을 세우며 앞으로의 삶을 살아가기 위한 공부를 해나간다.

하루하루 정신없이 살아가다가 어느 순간 '아무것도 못하는 사람이 되어버릴 수도 있겠다'는 생각이 들었다. 그때부터는 사회 구성원으로서 나이대에 맞게 해야 하는 일들을 놓지 않기 위해 자발적으로 이것저것 해보려고 노력했다. 남들에게 사랑받는다고, 조금 더 주목받았다고 특별한 존재라는 착각에 빠져버리면 언젠간 뒤를 감당해야 할 스스로가 너무 힘들어지지 않을까 싶어서였다. 다행히도 직접 돌보고 해결해야 할 사업이나 실무들이 내가 둥둥 떠다니지만은 않을 수 있도록 나를 땅으로 잘 끌어내려 주었던 것 같다.

그런데 여기서 참 어려운 것은, 사회 구성원으로서 살아가는 방법을 많이 알고 있다고 해서 그게 또 마냥 좋은 방향으로 가는 건 아닐 수도 있다는 사실이다. 현실적인 것들을 깨우쳐 간다는 게 크리에이티브하고 말랑말랑

한 무언가를 표현하는 아티스트라는 직업과는 상반되는 성격을 가질 수도 있기 때문이다. 정서적인 부분을 세밀하게 감각하는 일들을 멀리하면 자기만의 색깔이 바래기 십상이다.

아, 조금 알 것 같기도, 아무것도 모를 것 같기도 한 날들이다.

어떤 기회는 우연처럼 찾아오고,

어떤 기회는 내가 모르는 사이 흘러갔을 것이고,

또 어떤 기회는 처음부터 꼭 계획되었던 것처럼 찾아온다.

PAGE 2
나날들

그럼 이만
퇴근해보겠습니다

일터 가까이 살기

vs

일터와 어느 정도 거리를 두고 살기

누군가 내게 이 질문을 건네온다면, 지금의 나는 후자를 택할 것이다. 물론 일터와 거리를 둔다는 것이 구체적으로 '어느 정도 떨어진 거리'인지도 중요하겠지만 말이다.

오랫동안 서울에 살다가 내가 이사하기로 결심한 곳은 수원이었다. 수원으로 이사했다는 말에 많은 사람들이 스케줄 다니기 번거롭지 않냐고 물어왔다. 행선지에 따라 보통 한 시간에서 길게는 한 시간 반 이상 소요되기 때문이다. 처음 이사한 뒤 오가는 얼마간의 기간에는 나도 매니저도 적응하는 데 시간이 걸렸다. 처음엔 넉넉히 시간을 잡아도 거리가 생각보다 멀거나 차가 막혀 종종거릴 때가 있었다. 그런데 미리 서둘러야 하는 수고를 감당하고서라도 바꾸고 싶은 것이 있었다. 바로 스위치를 확실하게 끄고 켤 줄 아는 삶이었다.

오랜 시간 퇴근하는 법을 잊고 지냈다. 표현이 그렇다는 거지 출퇴근 시간이 정해져 있지 않으니 사실 퇴근하는 법이 어디 있겠나. 그냥 일이 끝나면 퇴근인 거지. 그런데 실제로 어느 순간 퇴근이 모호해지기 시작했다. 이상하게 일터에서 나온 뒤에도 마음은 그곳을 빠져나오지 못했다. '지금도 누군가는 쉬지 않고 있다'라는 생각이 줄곧 나를 에워쌌다.

하루가 일단락되었다는 느낌이 들지 않을 정도로 환하게 빛나는 거리의 불빛들, 밤낮 없이 돌아가는 녹화와 작업 그리고 연습실. 그런 바쁜 이미지들이 어느 순간부터 계속해서 내 주변을 떠나지 않았고, 때때로는 날 갉아먹기도 했다.

그럴 때면 종종 불안함을 떨쳐내기 위해 다시 집을 나서곤 했다. 당장은 연습실에 가서 시간을 채우면 마음이 달래지는 것도 같았다. 연습이라는 절대적인 양이 쌓이는 건 좋은 일이니까 잠깐은 안심이 되었던 것이다. 하지만 불안한 상태를 지속한 채 몸만을 단련시키는 것은 궁극적으로 건강한 연습과 발전이 되지 못했다. 인간관계도 계속 곁에 붙어 있다고 깊어지는 게 아니듯, 내가 하는 일들도 진짜 내 것이 되려면 어느 정도 스스로 소화할 시간이 필요한데 그게 잘 안 되고 있었던 거다.

왜 나는 항상 스위치가 켜져 있는 것 같을까. 오늘 하루 최선을 다해 일했는데도 왜 개운하지 않은 걸까.

그래서 고향으로 돌아가야겠다고 마음먹었다. 수원은 내가 초중고등학교를 나온 도시이자 가족이 살고 있는 곳 그리고 운영 중인 실용음악학원 '창꼬'가 위치한 곳이다. 전에 살던 그 동네, 그 위치로 정확하게 돌아간 것은 아니지만 고향에 다시 살게 되었다는 사실이 심적으로 안정감을 주었다.

이사를 한 뒤 몇 가지 변화를 체감했다.

먼저, 집으로 돌아온 뒤에는 몸과 마음도 확실하게 일정을 끝마칠 수 있었다. 거리가 멀어진 곳에 거주지를 두고 나니 정말 중요한 일이 아닌 이상 집에 갔다가 다시 사무실에 나온다든가, 스케줄을 끝내고도 괜히 불안해서 연습실을 서성이는 일이 사라진 것이다.

그리고 한번 집으로 돌아가면 선뜻 다시 나오기엔 먼 거리라고 생각하니 나왔을 때 제대로 하고 돌아가고자 하는 마음이 더 분명해졌다. 밖에 나와 있는 동안 몰입감 있게 시간을 쓰게 된 덕분에 혼자만의 시간도 온전하게 확보할 수 있게 되었다. 일터에서 나온 뒤 느끼던 불안함이나 조급함도 서서히 옅어졌다.

다음으로, 마음을 가다듬을 여유가 생겼다. 스케줄을 가려면 대부분 고속도로를 타고 넘어간다. 오전에 고속도로를 지나 서울에 들어서면 바삐 움직이는 도시의 풍경이 펼쳐지고, 오후에 집으로 돌아가기 위해 도시를 살짝 벗어날 때면 외곽의 불 꺼진 빌딩들과 함께 하루의 끝자락이 보인다. 스케줄 앞뒤로 주어지는 한 시간가량의 이동 시간이 오전에는 몸의 기운을 끌어올리고 준비할 여유를, 오후에는 하루 일과를 돌아보고 정리할 여유를 주어서 좋다.

집으로 돌아가면서 집에 가서 할 일을 생각해본다. 한파가 지나갔으니 반려견 '구리'와 산책을 다녀와야지. 한동안 날이 추워 집밖에 나가지 않았더니 구리가 바깥을 궁금해하는 눈치다.

입춘이 지나고 나면 조금씩 해가 길어지면서 차츰 봄이 다가올 것이다. 올겨울은 유독 길었다.

이제 오늘의 스위치를 끄고, 혼자만의 시간을 가져야겠다.

그럼 이만 퇴근해보겠습니다.

미리 서둘러야 하는 수고를 감당하고서라도
바꾸고 싶은 것이 있었다.

바로 스위치를 확실하게 끄고
켤 줄 아는 삶이었다.

드림하우스

이사한 집이 〈나 혼자 산다〉에 방영되면서 관심을 많이 받았다. 이제 내 맘대로 못질을 할 수 있는 첫 내 집이라는 점도 나에겐 뜻깊지만, 이 집이 내게 상징적인 이유가 또 하나 있다. 사실 이 집은 내 오랜 드림하우스였다. 어릴 적 꿈 같았던 그 집, 그 층, 바로 그 호수 말이다.

2006년쯤이었을까. 내가 중학생이던 당시 수원에는 주상복합이 거의 없었다. 그때쯤 수원에 이 아파트가 높게 들어섰다. 나는 아직도 이 집을 처음 본 순간을 잊지 못한다.

내가 지금 살고 있는 이 집은 당시 이모네 집이었다. 처음 이모 집으로 집들이를 하러 갔던 날, 어린 나는 아파트가 주는 화려한 인상에 압도되고 말았다. 건축적으로 꾸밈이 많았던 건 아닌데 건물 자체가 주는 인상이 화려했다. 주차장이 무려 지하 6층까지 있었는데 당시로서는 그 스케일 역시 엄청나다고 느꼈다.

주차장에서 이모네 집까지 올라가는 길에 시야에 걸리는 모든 것이 세련돼 보였고, 깨끗하게 반짝였다. 휘둥그레져서는 이모네 집으로 올라갔는데 바닥이 온통 대리석이었다. 오 마이 갓. 그때 장판이나 마루가 아닌 대리석 바닥 가정집은 처음 보았다. 대가족이 살기 좋게 설계된 듯한 넓은 집은 방으로 들어가면 그 안에 작은 거실 같은 공간이 또 있는, 듣도 보도 못한 새로운 구조였다.

나는 그 집에 마음을 빼앗겨버렸다. 이모네 집 베란다에 서서 봤던 바깥 풍경까지 모든 게 어린 내 맘에 쏙 들었다. 그때 엄마한테 말했다.

"나 나중에 돈 많이 벌어서 이 집 사고 싶어."

이후 혼자 서울에 살 때도 이모네 아파트와 브랜드가 같은 아파트에서 살았다. 그 집이 처음 나에게 주었던 그 느낌을 잊지 못한 이유도 있고, '좋은 집'이라는 인식이 있었기 때문에 자연스럽게 끌렸던 것 같기도 하다.

그리고 시간이 흘러 내가 이 집을 자가로 사서 들어오게 된 것이다. (이모가 그때까지 이사를 안 가셔서 내 꿈이 좀 더 드라마틱하게 실현되었다.) 지금은 그때로부터 오랜 시간이 흘러 아파트는 이제 안팎으로 새것처럼 반짝이지도, 화려해 보이지도 않지만 아직도 내 기억 속에는 그때 느꼈던 분위기나 냄새, 눈앞에 펼쳐졌던 풍경 따위들이 생생하게 남아 있다. 그때의 추억이 묻어 있는, 오래 꿈꿔왔던 곳으로 이사를 왔다는 점에서 나에겐 의미 있는 장소이다.

처음 이사 올 때는 인테리어도 바꾸고 이것저것 신경 쓸 일이 많아 마음이 붕붕 뜨는 것도 같았지만, 들뜬 마음이 점차 가라앉고 매일 이 집에서 시간을 보내다 보니 이제야 이곳의 진짜 의미가 와닿는다.

애써온 삶에 대한 선물 같은 집을 소중하게 여기면서, 이 안에서 인생을 더 잘 채워가고 싶다.

커피와
맥주

나에겐 커피와 맥주라는 두 친구가 있다. 친구마다 성격이 다르고, 어떤 친구를 만나느냐에 따라 시간을 어떻게 보내는지가 달라지듯 커피와 맥주도 나에겐 다른 성격의 친구들이다.

일정한 시간과 패턴대로 출퇴근을 반복하지 않기 때문에 몸이 정해진 흐름에 딱 길들여져 있는 편은 아니다. 하지만 이런 나에게도 매일의 시작과 종료를 알리는 시그널들이 몇 가지 있다. 그중 하나는 바로 커피다. 계절에 따라 따뜻하거나 시원한 커피를 마시며 하루가 시작되었다는 기분을 느낀다.

이제는 루틴에 익숙해진 현대인처럼 커피를 일과 중 기호식품으로 곁들이고 있지만(더 솔직히 표현하면 카페인에 조금은 절여져 있지만) 그래도 아침에 마시는 첫 커피만큼은 몸속으로 들어올 때의 존재감이 확실하다. 아메리카노가 몸을 타고 쭈욱 들어갈 때면 잠들어 있던 기계의 엔진이 가동되는 것 같다.

커피가 몸을 깨우고 일을 하는 데만 도움을 주는 것은 아니다. 집에서 여유롭게 걸으면 10분 거리에 엄마가 살고 계셔서 자주 만나는 편인데 그때마다 커피를 즐겨 마신다. 커피에 대단히 일가견이 있어서가 아니라, 커피가 시시콜콜한 이야기를 곧잘 끌어내주는 편안한 매개라서다. 볼품 없던 하루나 울했던 순간들 따위도 가볍게 툭툭 꺼내고 털어버릴 수 있을 정도의 담백하고 편한 공기. 그 분위기를 만드는 데 커피는 제 몫을 다한다.

노년이 되었을 때의 나를 막연하게 떠올릴 때도 그 장면 속에는 커피가 있다. 구부정한 몸을 이끌고 오늘 날씨의 좋고 나쁨을 떠들며 우리가 걸어가는 장소를 상상해본다. 아마 집 주변 아늑한 카페일 것이고, 어딘가 가만히 앉아 눈앞에 펼쳐진 풍경을 말없이 바라보고 있다면 그 앞에도 따뜻한 커피 한잔이 놓여 있을 것 같다.

커피 이놈, 알고 보니… 내 평생 친구?

목 컨디션을 회복하기 위해 거리를 둔 지 좀 오래되었지만, 한동안은 맥주와 함께 하루를 마무리하곤 했다. 집으로 돌아와 해야 할 일을 다 끝낸 다음 맥주 한 캔을 따며 나에게 "오늘도 수고했다"는 말을 건네곤 했다.

가끔 지인들과 왁자지껄하게 맥주를 즐기는 자리도 좋지만, 대체로는 조용한 집에서 가볍게 한 모금 할 때가 좋았다. 가게가 하루 영업을 마친 뒤 셔터를 내리는 것처럼 하루가 말끔하게 끝난 것 같은 기분이 들기도 했다. 이제 아무 데도 안 나갈 거고, 노래 연습도 마쳤다는 뜻이니까. 특히 정신적으로나 육체적으로 에너지가 많이 들어가는 일들을 연달아 한 다음날 특별한 일정이 없다면 그날 밤엔 스멀스멀 맥주가 당긴다.

2024년 초에는 맥주라는 녀석과 낭만적인 기억 하나를 만들고 왔다. 초록과 파랑이 섞인 색으로 빛나는 바다가 예뻤던 휴가지에서였다.

딴 세상 같은 바다와 하늘이 내 시야를 꽉 채우고, 물은 또 어찌나 맑은지 바다 아래 모래까지 다 보이는 곳이었다. 몇 박 며칠을 혼자 있어도 외롭다는 생각이 들지 않을 정도로 평온하고 좋았다.

정말 오랜만에 제대로 된 쉼이라고 할 수 있을 만한 휴가를 받아 여행을 다녀왔는데, 그때 바다 앞에서 들이켰던 맥주 맛이 잊히지 않는다. 다시 떠올려보아도 역시나 시원하다.

여러 종류의 술이 있지만, 특히나 맥주를 좋아하는 이유가 무엇일까 생각해보면 맥주의 첫 모금이 주는 청량한 느낌을 좋아해서인 것 같다. 그런데 탁 쏘는 그 첫 모금의 청량함은 술을 연거푸 마신다 해도 계속 느낄 수 없는 감각이다. 첫입에 마법이라도 걸린 것처럼 그때만 확 왔다가 이후에는 금세 사라져버린다.

그래서 일부러 첫 모금이 극대화되는 순간을 노리기도 했다. 트레드밀을 뛰면서 땀을 쫙 뺀 다음 바다로 풍덩 뛰어들었다가 시원하게 한잔 들이켜는 것이다. 청량함이 배가 되는 순간이다. 그다음엔 선베드에 몇 시간 누워 햇볕도 쬐고 멍하니 쉬다가 몸이 뜨거워질 때쯤 또 한 잔. 그렇게 맥주와 띄엄띄엄 함께한 덕분에 첫입의 마법을 여러 차례 즐겼다.

시원한 바다에서 들이키는 청량한 맥주의 첫입이 주던 느낌은 앞으로도 문득문득 기억날 것 같다.

어쩌다 구리를 만나서

처음부터 반려견과 살고 싶다고 생각했던 건 아니었다. 간혹 사람들이 물어보면 책임져야 할 게 너무 많고, 개는 평균적으로 사람보다 수명이 짧으니까 나보다 먼저 떠날 텐데 그런 이별도 겪고 싶지 않다고 말했었다. 행여나 내 부주의로 강아지가 죽게 되면 그것 역시 죄책감이 너무 심하게 들 것 같았다.

걱정 어린 마음들로 반려견 생각은 접어두고 있었지만, 사실은 반려견과 사는 상상도 가끔 했었다. 그런데 그때마다 이상하게 비글 얼굴이 떠오르는 거다. (나는 처음부터 비글을 좋아했나 보다.)

비글은 엄청 활발한 견종이라 충분하게 에너지를 발산하지 못하면 집이 아수라장이 된다는 글도 봤었고, 실제로 엉망진창이 된 집에 비글이 순진무구한 눈빛으로 쳐다보고 있는 사진도 본 적이 있었다. 그런데도 왜인지 비글미에 끌렸다. 아직도 이유는 알 수 없다. 혹시… 비투비가 비글돌로 불려서?

그러던 어느 날 나는 정말 안아만 보려고 했는데 이놈의 구리에게 간택을 당하고 말았다. 그때가 겨울이었는데, 내가 아기 구리를 살포시 안아 들자 갑자기 그 조그만 녀석이 패딩 속으로 쏙쏙 파고들더니 품에서 잠들어버렸다. 어쩔 수 없지. 비글이 어떻든 저떻든 간에 이후 일은 내가 감수하는 수밖에. (역시 귀여운 게 최고다.)

그렇게 구리와의 동거가 시작되었다. 처음에 구리는 정말 손바닥만 했다. 그냥 한 손으로 데리고 다닐 수 있을 정도로 작았다. 곤히 잠든 구리를 멀리서 지켜보면서 생각했다.

'저 예쁜 녀석이 온 집을 헤집고 사고를 칠 수도 있단 말이지? 제대로 공부하고 교육시키겠어.'

그때부터 관련 영상을 시도 때도 없이 본 것 같다. 얼마나 영상을 많이 봤는지 피드에 온통 강아지 교육 관련 콘텐츠가 뜰 정도였다.

그렇게 나름대로 열심히 공부했는데도 현실은 또 달랐다. 구리를 키우면서는 이상하게 멘탈이 흔들릴 때가 많았다. 그래, 누굴 키워보는 게 처음인데 바로 잘할 리가 있나. (동물은 동물이고, 사람은 사람이다라는 주의지만 구리가 아기 때는 잠깐이나마 엄마가 우리 남매를 키울 때를 떠올렸다.) 구리가 밖에 나가는 걸 무서워하거나, 장난스레 앙앙 물기라도 하면 '지금 내가 뭔갈 잘못해서 구리가 문제 행동을 보이는 건가?' 하는 자책감도 많이 들었다. 구리는 어릴 때부터 내가 키웠으니까 다 내 책임 아닌가 싶었다.

초보 집사로 우당탕탕 하던 때로부터 어느덧 몇 해가 지났다. 구리는 그사이 세 살, 16킬로그램 성견이 됐다.

한참 크던 시기에 했던 걱정과는 달리 구리는 훈련도 잘 받았고, 특유의 어린 에너지가 조금씩 차분해지면서 점점 더 잘 지내는 중이다. 동물이라고는 하지만, 3년 정도 같이 사니까 뭐랄까 구리가 뭘 원하는지, 어떤 감정 표현을 하고 있는지 어느 정도 알 것 같다. 그런 교감의 과정이 소중하고 신기하다.

요즘엔 내가 소파에 앉아 있으면 구리가 옆으로 스멀스멀 다가와서 자리를 잡는다. 그러고는 자기를 만지라며 손을 허우적거린다. 골 때리고 귀엽다. 잠들기 직전에 그러면 정말 곤란하지만 대체로는 귀엽다. 귀엽다…. 귀엽다…. (사실은 자고 있을 때가 제일 귀엽다.)

구리 덕분에 내 삶도 많이 바뀌었다. 이전과 달리 정돈이 많이 된 느낌이랄까. 내가 책임져야 할 생명체가 기다리고 있다고 생각하면 실컷 놀고 싶은 생각이 안 든다. '강아지 때문에 못 놀아'가 아니라 '안 놀고 싶어'가 된다. 내 의지대로 원 없이 놀고 싶었던 마음이 사라진 거다. 에너지 넘치는 30대 초반에 건강한 제동 장치가 되어주는 것 같기도 하다.

구리에게 많은 걸 바라는 편은 아니다. 그냥 사회에서 인간과 동물이 함께 살아가는 데 꼭 필요한 훈련 정도만 되어 있었으면 좋겠다. 내가 구리를 필요 이상으로 길들이는 것은 애초에 동물의 본성을 거스르는 것 같기도 하고 못할 짓이라는 생각이 있어서 최소한의 선만 잘 지키며 살아가고 싶다.

대신 사는 동안 구리가 아쉬움 남지 않을 만큼 나와 즐겁게 살았으면 좋겠다는 바람은 있다. 제 수명대로 건강하게 잘 살아준다면 내가 40대 후반이 될 때까지도 같이 있겠지? 그때가 되면 구리가 혹시 나이가 많아져서 무지개다리를 건너더라도, 그게 자연의 섭리인 거니까 슬프지만 받아들일 수 있을 것 같다. 그러니까 그때까지 아프지 말고 하루하루 기쁘길 바란다.

사랑하는 구리…. 짜식, 쓰담쓰담 한번 해주러 가볼까나.

소리 없음

TV를 켜고 일상생활을 한다는 주변 사람들의 이야기를 종종 듣곤 한다. 집에 있을 때 느껴지는 특유의 썰렁함이 싫다는 친구도 있고, TV를 켜두는 게 자연스럽다는 친구도 있다. 드라마나 예능에서도 TV가 켜진 채 누군가가 일상을 보내는 장면들을 익숙하게 보아왔던 것 같다.

나는 그와 완전 반대 유형의 사람이다. 집에서만큼은 여기서만 느낄 수 있는 적막과 고요함을 즐기는 타입이다. 어쩌면 나와 비슷한 사람도 많지 않을까?

인터뷰를 할 때 어떤 노래를 주로 듣는지 또는 집에 있을 때 듣는 플레이리스트로는 어떤 곡이 있는지 등의 질문을 받은 적이 몇 번 있다. 듣는 일에 대해 이야기할 거리가 많은 게 자연스러운 직업이지만, 나는 노래를 듣는 행위만큼이나 조용한 공간 안에서 가만히 있는 것도 좋아한다. 그래서 집 안의 주를 이루는 소리는 반려견 구리가 지나다니며 내는 타닥타닥 발소리, 아침에 내가 커피 내리는 소리 같은 생활 소음이 대부분이다.

이번에 이사하면서는 TV를 아예 거실에서 빼기로 결정했다. 거실이 아닌 안방에 TV를 둔다는 것은 나에게는 일상적으로 TV를 틀어두지 않겠단 의미이기도 하다. 모니터링이 필요하거나 봐야 할 게 생길 때 보는 것으로 충분하다. 그래서 거실 소파 맞은편은 그냥 벽으로 비워뒀다. 어쩌면 휑해 보일 수도 있겠지만 본격적인 하루가 시작되는 공간인 거실에서는 내 생활에 집중하고 싶다는 바람이 담겨 있다.

나는 집에 있을 때 느껴지는 특유의 차분한 공기를 좋아한다. 분위기에 힘입어 마음을 잠잠하게 가라앉히고 나면 새로운 일을 건강하게 맞을 수 있을 것 같은 마음이 든다. 그래서일까. 나만의 공간에 있을 때는 자연스럽게 나는 소리 이외에 발생하는 소리를 끼워주고 싶지 않을 때가 종종 있다. 아무리 듣기 좋은 노래라도, 인생을 울렸던 명곡이라도 그때만큼은 들어올 타이밍이 아닌 거다.

주변이 고요해지고 나야 비로소 내 안에서 덜어내야 할 것들을 비울 수 있을 것 같은 마음이 생긴다. 빽빽하게 채워져 있던 무언가가 느슨해지면서 어딘가 트이는 기분이 든달까.

지금은 마음을 비워내기에 앞서 구리를 산책시킬 시간이다. 나가고 싶은지 구리가 발소리를 분주하게 낸다. 오늘도 고요하고 평온한 우리 집을 위해 뒷산에 가서 구리 녀석의 에너지를 발산시켜주고 와야겠다. 구리야, 가자!

무작정 걸었어

걷는 걸 좋아하는 편은 아니지만 종종 걷는다. 생각을 정리하고 싶을 때, 불안한 마음을 달래고 싶을 때 주로 걷는다. 바깥 공기를 쐬며 걸으면 도움이 된다.

그땐 몰랐지만 실제로 스트레스를 해소하거나 우울감과 불안을 감소시키고자 하는 사람에게 매일 아침 만 보 걷기를 추천한다고도 들었다. 얻어걸린 솔루션이었던 셈이다.

나는 대체로 밝고 유쾌한 편이었지만, 연습생 생활을 하면서는 어린 나이에 경쟁을 해야 하고 아무것도 확정되어 있지 않은 상황에서 매월 평가가 있다 보니 이따금 지치기도 했던 것 같다. 몸과 마음이 힘든 날에는 일부러 걷는 쪽을 자주 택했다. 당시 소속사가 청담동에 있었는데 연습을 마치고 집으로 가기 전, 청담동에서부터 고속버스터미널까지 걸어가곤 했다. 몇 시간 동안 춤 연습을 한 뒤라서 도보로 한 시간이 좀 넘는 거리를 걷다 보면 터미널 가까이 도착할 무렵에는 발바닥이 얼얼해져 있었다. 버스에 고된 몸을 기대고 조금이라도 편하게 가는 게 쉼이 되었을 수도 있었겠지만, 그때는 불안한 상태로 하루가 끝나는 게 내키지 않았다.

'데뷔할 수 있을까' '데뷔하면 그 뒤로는 잘될 수 있을까' 하는 마음을 내 안에서 소화하지 못하고 집으로까지 끌고 들어가는 게 싫었던 것이다. 마음이 정돈되지 못한 상태로 잠을 청하면 다음날 또 그 감정이 이어지는 게 별로였다. 그래서 줄곧 혼자 걸으면서 쌓여 있던 어지러움을 진정시켰다.

청담동에서 고속버스터미널까지 걷는 길에 논현동 단독주택 단지를 지났다. 카페며 술집이며 온갖 네온사인과 조명으로 밝은 번화가를 지나, 주택이 들어서 있는 골목을 지날 때면 왠지 모르게 기분이 좋았다. 깔끔한 골목, 아파트 단지에선 쉽게 볼 수 없는 주택 모양들, 길을 걸으며 언뜻언뜻 기둥 사이로 보이는 정갈한 마당과 조경. 그 길에서 가끔은 가수라는 직업으로 잘되었을 때의 모습을 상상하며 행복회로를 돌려보기도 했다. 그러고 나면 내일이 조금은 더 기대됐던 것 같다.

당시는 혼자 걷는 시간을 갖는 게 나에게 어떤 의미인지 명료하게 정리하지 못했지만, 생각해보면 그때의 나는 자진하여 고립의 시간을 가지려고 했던 것 같다.

난 지금도 어느 정도는 고립되는 게 나를 강하게 만들어준다고 믿고 있다. 모든 근육이 운동을 해야 클 수 있듯이, 혼자서 생각하고 또 나에게 집중하는 시간을 가져야 내가 한 단계 나아갈 수 있다고 믿는다.

데뷔 이후엔 혼자 걷는 시간이 자연스레 줄어들긴 했지만, 요즘도 고립의 시간을 주기적으로 갖고 있다. 마음껏 걷고 돌아다니기가 어려워지면서 마음속에 작은 버킷리스트가 하나 생겼다. 바로 혼자서 국토대장정 하기다. 3~4주 정도로 기간을 잡으면 천천히 걷고 풍경도 감상하면서 부산까지 갈 수 있다고 들었다. 언제쯤 떠날 수 있으려나. 오랜만에 새로운 풍경들을 마주하며, 하염없이 걸으면 좋겠다.

다시 말하지만 난 걷는 걸 좋아하는 편은 아니다. 음, 아닌가. 좋아하는 건가?

혼자서 생각하고 또 나에게 집중하는 시간을 가져야

내가 한 단계 나아갈 수 있다고 믿는다.

마이클 잭슨

처음부터 아이돌 그룹이 될 거라 생각하고 춤 연습을 열심히 한 건 아니었다. 연습생이던 당시 나는 밴드로 데뷔할 거라고 굳게 믿고 있었기 때문이다. 그러니 댄스라는 분야에 눈을 뜬 것도 아니었고, 춤을 잘 추는 사람에 대해 동경심 같은 것도 없었다. 그러던 어느 날 이런 내 생각을 완전히 깨부수는 사건이 찾아왔다.

막 연습생 생활을 시작했을 때쯤, 집에서 마이클 잭슨 콘서트 시디를 발견했다. 어디에 꽂혀 있었는지도 생생하게 기억난다. 휴지말이처럼 생긴 시디 걸이였는데, 이제는 마이클 잭슨 하면 그 시디 걸이부터 떠오른다.

그의 명성은 당시에도 말할 필요 없이 잘 알려져 있었지만, 당시 나는 〈Billie Jean〉 같은 명곡이나 '문워크' 댄스밖에 몰랐다. 그랬던 나는 마이클 잭슨 콘서트 시디를 튼 뒤 큰 충격에 빠지고 말았다.

'댄스 가수가 저렇게 멋있을 수 있구나.'

화면 속 그는 까만 저지 위에 빛나는 금색 띠를 엑스자로 두르고, 격투기 챔피언이 할 법한 두꺼운 벨트를 허리에 감고 있었다. 그게 끝이 아니었다. 까만 슬랙스와 심플한 로퍼 위에 느닷없이 화려하게 빛나는 금색 티 팬티 같은 걸 입고 있는 것이었다.

짓궂고 어린 나이였던 만큼 내 눈에 마이클 잭슨 의상은 충분히 웃겨 보일 수도 있었다. 내가 저 옷을 입고 무대에 올라간다고 생각한다면 고개를 갸웃거리고 남을 만한 다소 도전적인 의상이었다. 그런데 그가 춤추며 노래를 시작하는 순간 아우라가 얼마나 강렬한지…. 번쩍거리는 티 팬티마저 멋있어 보이기 시작했다. 아마도 8집

앨범《Dangerous》월드 투어 콘서트였을 것이다.

'춤을 저렇게나 잘 추는데, 마이클 잭슨이 팝의 황제라고 불리는 이유는 심지어 노래를 잘해서라고?'

그 공연을 다 보고 난 뒤 최소 반년은 마이클 잭슨 앓이를 했던 것 같다. 너무 좋아서 연습생 생활을 하는 내내 그의 노래를 듣고, 그 시절 아이팟 클래식에 마이클 잭슨 UCC를 컷팅해서 공연 영상까지 차곡차곡 담아두었더랬다. 그의 춤과 노래는 내가 소속사에서 밴드 대신 아이돌 그룹으로 방향이 바뀌었을 때도 흔들리지 않고 연습생 생활을 이어가는 데 큰 힘이 되어주었다.

내게 영향을 많이 주었던 뮤지션이 있냐고 누군가 물어오면 지금도 난 마이클 잭슨이라고 대답한다. 여전히 내 마음속 최고의 뮤지션은 마이클 잭슨이다. 오랜만에 고요한 집의 적막을 깨고 그의 앨범을 들어본다.

일찍 일어나고 싶은
올빼미형 인간

아침 일찍 일어나기에 실패했다. 아침형 인간처럼 해 뜰 때 깨어서 생산적인 느낌을 내고 싶은데, 그러기가 좀처럼 쉽지 않다. 일찍 일어나려면 일찍 자야 하는데, 저녁을 지나 새벽이 가까워질수록 왜 그렇게 하고 싶은 게 많아지는지 모르겠다.

나는 아무래도 새벽을 더 좋아하는 것 같다. 그래서 구리와도 새벽 한두 시경 인적이 드물어질 때쯤 산책을 즐겨 나가는 편이다.

인구의 30퍼센트 정도가 저녁형 인간에 속한다고 한다. 이런 유형을 올빼미형이라고 부른다는데 우리 같은 올빼미형은 늦게 잠자리에 드는 걸 선호하기 때문에 이른 아침에는 신체 기능이 원활하게 잘 돌아가지 않는다고 한다. 그러니 자연스럽게 아침 식사도 거르게 된다고. 아침에 깨어 있어도 뇌의 활성이 더뎌서 각성이 느리거나 판단력이 비교적 약하고, 오후 늦은 시간부터 진정한 수행 능력이 발휘된다는 것이다. (역시 그동안 난 올빼미형에 가까웠던 것이다!)

아침이 밝아오고, 도로에 차가 더 많아지고, 사람들이 바삐 움직이는 오전 시간. 남들이 하루를 시작할 때 같이 시작하는 것도 나름대로 활기찬 기운을 느낄 수 있어 좋지만, 새벽의 고요한 시간이 주는 특유의 매력이 있다.

새벽은 아무와도 연락할 일이 없는 시간이다. 세상이 잠들어 있는 것 같은 무방비한 때. 난 왜인지 그때가 좋다. 나 자신에게 집중하기 가장 좋은 시간 같달까. 누군가는 밤이 깊어질수록 더 감성적으로 바뀌어서 없던 고민이 생기기도 하고 잡념이 많아지기도 한다는데, 나는 대체로 고민 정리가 새벽에 이루어지는 편이다.

새벽에는 주로 혼자서 질문하고 답하는 과정을 반복해본다. '오늘 이렇게 했으면 어땠을까' '내일 이런 방법으로 해보는 건 어떨까' '아, 이건 좀 아니었던 것 같은데' 하는 식으로 말이다. 그러다 보면 머릿속이 잠깐은 복잡하다가도 앞으로 어떻게 해야 할지 차츰차츰 윤곽이 그려지기 시작하면서 고민이 정리되는 수순을 밟는다. 고민이 결론에 다다를 때면 신기하게도 스멀스멀 졸음이 찾아오면서 나른해진다.

이토록 새벽을 좋아하는 나이지만, 요즘은 아침 시간을 살기 위해 생활 리듬을 조금 앞당겨보려고 노력 중이다. 그중 하나가 아침밥 먹기다. 원래는 거의 반나절 가까이 배가 고프지 않아 공복 상태로 있었는데, 이제는 일어나서 식사를 하고 몸을 좀 깨워보려 한다.

처음에는 반 공기도 안 들어가더니 식사 습관을 들인지 두 달쯤 지나니까 이제 신기하게도 아침에 일어나면 배가 고프다. 그리고 몸이 깨는 속도가 점점 빨라지는 것이 느껴진다.

이 패턴에 조금 더 익숙해지면 오전 시간이 주는 매력도 서서히 알아가게 될지도 모르겠다. 아침형 인간이 된 나는 어떤 시간을 보내게 되려나 내심 궁금해진다.

복싱을 좋아하는 이유

복싱을 취미라고만 표현하기엔 그 의미가 너무 작아지는 것 같다. 10년 전 처음 복싱을 배우기 시작했다. 처음엔 호신의 목적도 있었다. 무방비 상태에서 위기 상황을 겪을 때 어느 정도 순발력 있게 대처를 할 수 있을 것 같아서 시작한 운동이었다. 그런데 하면 할수록 복싱이 주는 여러 매력을 알아가게 되었다.

일단 워밍업을 위한 준비부터 스파링, 샌드백 훈련까지 하나만 반복하는 것이 아니라 여러 과정이 있어서 지루하지 않다. 샌드백을 후려칠 때 나는 소리도 쾌감 있고 듣기 좋다. 그뿐 아니라 다이어트를 여러 방법으로 시도해보았는데, 복싱을 할 때 가장 건강하게 몸을 돌본다는 느낌을 받기도 했다.

정말 재미있게 봤던 인생 만화가 있다. 『더 파이팅』이라는 제목의 복싱을 소재로 하는 만화다. 왕따를 당하던 주인공이 프로 복싱선수가 되는 이야기인데, 일진 무리에게 괴롭힘을 당하던 주인공 일보는 엄마를 욕하는 모욕적인 발언에도 저항 한번 하지 못하고 속수무책으로 맞고 사는 인물이다. 여느 날처럼 괴롭힘당하며 곤경에 처한 일보의 근처를 지나가다 구해주는 이가 있으니, 바로 현역 프로복서 다카무라 마모루다. 일보는 이를 계기로 그의 복싱장에 가보게 되는데 웬걸, 알고 보니 일보는 자기 체급에 비해 몇 배나 무거운 주먹을 지를 수 있는 하드펀처였던 것이다. 그때부터 일보는 복싱의 길에 들어서며 진정한 강함이 무엇인지 깨달아간다.

고등학교 때 애니메이션으로 처음 본 후 푹 빠지는

바람에 새로운 편을 기다리지 못하고 만화방에 달려가서 뒷이야기를 읽었던 기억이 있다. 『더 파이팅』에서 주인공 일보는 마침내 복싱 챔피언을 거머쥐고 이렇게 말한다. "나는 여전히 도전자다."

그 한마디는 어린 내 마음속에 엄청 크게 다가왔다. 산전수전을 다 겪고 드디어 정상의 자리에 올랐는데도, 거기서 하는 말이 "나는 여전히 도전자다"라니. 챔피언이면 이제 제 자리를 지키기 위해 방어하는 사람이 되었다는 건데도, 오히려 도전자라고 생각한다는 점이 마음을 울렸다. 인생은 언제나 도전자처럼 사는 거구나. 늘 그렇게 살아야겠다 싶은 어린 마음을 활활 불 지폈다. 나는 그때 처음으로 복싱에 대해 긍정적인 인상을 받았던 것 같다.

다시 만화가 아닌, 진짜 복싱으로 돌아와 좀 더 예찬을 이어가자면 복싱은 체계화가 잘되어 있는 운동으로 특유의 신사다움이 느껴진다. 더 파괴적이고 도파민을 자극하는 유의 종목들도 있지만 개인적으로는 복싱이 내가 바라는 적당하고 건강한 승부에 가까운 운동이랄까. 거칠게 싸워도 날것에 가까운 야생의 느낌보다는 오직 주먹으로만 승부를 봐야 하는 룰의 특성상 좀 더 젠틀하게 느껴진다. 그렇다고 주먹싸움으로만은 볼 수 없는 스포츠이다. 단순해 보이지만 의외로 규칙도 복잡한 편이고, 경기 분석력이나 두뇌 싸움도 중요하다. (내가 복싱하면서 두뇌 싸움을 하거나 상대 선수를 분석할 정도로 잘한다는 건 아님을 밝힌다.)

링 위에 오를 때도 즐겁지만, 링 아래에서 또 화면으로 경기를 보는 것도 큰 재미다. 룰 안에서 자기 약점을 보완하고 상대를 이기기 위해 시합을 끌고 가는 선수들을 볼 때마다 입이 떡하고 벌어진다.

한 가지 운동을 꾸준히 할 수 있다는 건 삶의 큰 즐거움 중 하나다. 앨범 준비부터 전국 투어까지 기간이 길어지면서 요즘 좀 체육관 출입이 뜸했다. 조만간 또 체육관에 갈 때가 온 것 같다.

만화 인생

이창섭은 인생을 만화로 배웠습니다.

이렇게 써놓고 보니 좀 웃기다. 하하.

아무튼 인생의 9할을 만화로 배웠다고 해도 과언이 아닐 정도로 만화를 좋아한다. 아마 좋아했던 만화를 이야기해보라고 하면 밤을 새워도 모자랄 것이다. 처음엔 줄글로 빼곡하게 채워진 책보다는 만화가 재밌고 쉽게 읽혀서 관심을 가졌다가, 나중엔 단지 재미로만은 읽을 수 없을 정도로 만화의 매력에 푹 빠져버렸다. 10년째 하는 복싱에 로망을 품게 된 시작점에도 만화 『더 파이팅』이 있었을 정도이니 말이다. 만화 안에 담겨 있는 철학적인 가르침 같은 것들이 나에게는 강력한 펀치였다. 주인공에 나를 투영시키면 캐릭터를 따라 함께 성장하는 기분이 들었다. 내가 성장 추구형 인간으로 자란 것도 만화의 영향이 있었을지도 모른다.

좋았던 만화 몇 편에 대해 잠깐 떠들어보려고 한다. 처음으로 떠들어볼 만화는 『그레이트 티처 오니즈카(GTO)』다. 이 만화는 파란만장한 학창 시절을 보냈던 주인공 오니즈카가 졸업 후 중학교 선생님이 되어 학교에서 문제 행동을 하는 학생들의 이야기를 들어주고 그들의 문제를 조금은 골 때리는 방식으로 유쾌하게 해결해주는 스토리다.

그중 기억나는 것은 부모의 사이가 좋지 않아 집에 가기 싫어하는 부잣집 딸 미즈키의 에피소드다. 오니즈카는 심드렁한 척 미즈키의 말을 듣는다. 그런데 이후 가

정방문 명목으로 미즈키 집에 들이닥친다. 커.다.란. 망치를 들고 말이다. 그러고는 미즈키네 집을 단절시키고 있는 부모의 각방 벽을 부숴 뚫어버린다. 현실 같지 않아서 오히려 좋았던 부분이다. 미즈키 부모는 교사 오니즈카의 돌발 행동에 길길이 날뛰며 경찰에 신고하려고 하지만, 딸 미즈키가 이를 말린다. 그 후, 상황은 흥미롭게 흘러간다. 미즈키의 부모가 뚫린 벽을 수리하기 전까지 어떻게 가리고 지낼 건지 등에 대해 주고받는 한두 마디를 계기로 대화를 시작한 것. 부부는 이내 눈을 맞추고 피식 웃게 된다.

벽을 고친 뒤 미즈키 부모는 다시 예전처럼 말수가 줄어들었지만, 벽을 부순 물리적 계기를 통해 부모의 대화를 이끌어내는 오니즈카를 본 미즈키는 아빠와 엄마의 심리적 벽을 부수는 역할을 자신이 해보리라 용기를 낸다. 그때 내 눈엔 오니즈카가 뜬금없는 그만의 방식으로 털털하게 문제를 해결해나가고, 누군가에게 용기를 주는 모습이 좋았다. (물론 만화이기에 가능했던 장면도 있지만.) 꼰대처럼 이래라저래라 훈수 두며 늙고 싶지 않은 나의 바람을 재밌는 버전으로 본 것 같달까. 내가 인생에서 누군가의 선배가 되거나, 누구에게 도움을 주어야 하는 자리에 위치한다면 오니즈카처럼 조금은 담백하고 유쾌하게 도움을 주고 싶다는 생각이 들었던 작품이다.

다음은 명불허전 『나루토』. 나루토는 줄거리를 설명하지 않아도 될 정도로 워낙 아는 사람이 많은 명작이라 줄거리 설명은 생략하겠다. 나에게 생각할 거리를 남긴 건 주인공 나루토와 사스케의 입장 차이였다.

두 주인공은 경쟁자 구도에 있는 것뿐 아니라 가치관으로도 대립 관계에 놓여 있다. 나루토는 '함께'라는 가치관을 가지고 있다. 하지만 사스케는 '혼자가 강해야 진짜'라는 쪽에 더 가깝다. 『나루토』를 보고 한동안 '함께' 그리고 '혼자'에 대해 곱씹었다. 최근 다니는 샵에서도 어쩌다 『나루토』를 재밌게 본 분이 있어서 이야기를 나눌 기회가 있었는데, 그분에게 나는 사스케에 가까운 인간 같다고 말한 적이 있다.

'각 개체가 강해야 뭉쳤을 때 더 강하다.' 난 그런 주의다. 그렇기 때문에 공동체 또는 동료에게 기대기 전에 내가 먼저 강해야 된다고 생각한다. '약점을 보완해주고 다 같이 뭉치면 강한 힘이 난다'는 말이 어떤 경우에는 더 옳을 수도 있다. 하지만 누구를 챙기고 싶다면 그럴 수 있는 힘이 필요하고, 또 주위 사람들을 잘 살피고 끌어주려면 내가 그 사람들에게 걱정을 끼치지 않는 상태가 전반적으로 갖춰져야 할 수 있는 것 아닌가.

이게 정답이란 뜻은 아니다. 요즘 내 생각이 여기에 머물러 있다는 의미에 가까울 것이다. 어쨌든 중요한 것은 이런 깊은 인생의 고민을 『나루토』를 통해 하고 있다는 거다.

만화 이야기를 하다 보니 추억의 명작들이 스쳐 지나간다. 살면서 용기가 필요한 순간마다 떠올리곤 했던 『용자왕 가오가이거』도 생각나고, 최근 본 『주술회전』도 생각난다. 『주술회전』 주인공이 '살아갈 자격은 발버둥 치고 몸부림치면서 쟁취하는 것'이라고 했는데 그것도 너무 좋은 말이었단 말이지…. 하하하.

만화에 대해선 하고 싶은 말이 아직 산더미 같지만 이쯤에서 그만. 갑자기 너무 수다쟁이가 되어버렸다.

시작은 오락실

우리 동네 오락실에 코인 노래방이 들어온 건 초등학교 저학년 때의 일이다. 노래 부스가 얼마나 투명한지 그 안에 몇 명이, 누가 들어가 있는지도 다 보일 정도였다. 교복 입은 형과 누나들이 꾸깃꾸깃 서너 명씩 앉아서 그곳에서 노래를 부르곤 했다. 바깥으로 멜로디를 들을 수 있을 정도로 방음이 약하던 시절이었다.

형과 누나들이 노래 부르는 게 그땐 왜 그렇게 궁금했는지 모르겠다. 코인 노래방이 들어온 뒤로 나는 오락실을 뻔질나게 드나들었다. 돈이 없을 때도 괜히 부스 주변을 서성이며 새어 나오는 노래를 들었다. 초등학생, 심지어 저학년 꼬맹이가 맨날 부스 주변을 기웃거리니까 귀엽게 본 형들이 가끔 안으로 들어오게도 해주었다. 나는 나이 많은 사촌 형들 사이에 끼고 싶어 하는 어린 동생처럼 가만히 앉아 형들의 노래를 들었다. 학교에선 동요를 배우는 어린 나이였지만 오락실에선 요즘 유행한다는 발라드 곡을 어깨너머로 배웠다. 차츰 노래들이 귀에 익기 시작했다.

그 형들 중에는 유난히 자주 오락실에 놀러와 여러 노래를 줄기차게 부르고 가는 형이 있었다. 내가 두 눈을 동그랗게 뜨고 보고 있었는데도 그 형은 꼬맹이인 나를 개의치 않고 노래를 목이 터져라 부르고 갔다. 덕분에 나도 한참 형의 노래를 들었다.

그렇게 아홉 살 인생에도 흥미롭고 재밌는 에피소드들이 생겨나고 있던 어느 일요일, 아침에 엄마가 교회에 가라며 헌금 천 원을 쥐여줬다. 나는 그 돈을 들고 바로 오락실로 향했다. (엄마 미안.) 그날은 나도 노래가 불러 보고 싶었다. 아침 일찍 가면 보는 사람도 없을 것 같고 나도 목청껏 자유롭게 불러볼 수 있을 것 같았다.

그날 부른 노래방 첫 곡이 아직도 기억난다. 야다의 〈진혼〉이라는 곡이었다. 전주가 무려 1분 30초에 달하며, 동네에서 고음 좀 한다는 형들은 당시 꼭 필수로 부르고 간다는 그 노래. 절정에 다다랐을 때 힘주어 부르는 형들의 턱선이 한층 더 멋있어 보이던 바로 그 노래. 집에서 들어본 적은 없지만 띄엄띄엄 들려오는 소리만으로 노래를 외웠고, 그 속도가 또래 친구들보다 빠르다는 걸 처음 느꼈을 무렵이었다. 수중에 천 원밖에 없었지만 그중 200원을 쓰는 게 아깝지 않을 정도로 나는 곡을 열렬히 익히고 있었다.

지금 생각해보면 변성기도 안 온 아홉 살이 코인 노래방에서 형들 흉내를 내며 〈진혼〉을 부른다는 게 귀엽고 웃기지만, 어린 나로선 정말 진지했다.

가사를 느끼거나 감정을 담는 게 뭔지 아무것도 모르

는 나이였지만, 그래도 이래저래 보고 배운 대로 부르면 완곡할 수 있다는 건 본능적으로 알았던 것 같다. 이걸 꿈으로 삼아보겠다고 생각한 건 그로부터 한참 뒤의 일이지만 발라드를 부르는 이창섭의 시작이 언제냐고 묻는다면 그건 분명, 아홉 살 그때부터인 것이다.

무탈한

하루

자려고 누워 오늘 하루를 떠올렸다.

대체로 평범하고 무탈했다.

가까운 거리에 있는 본가에 가서 아침밥을 먹었다. 배고픔을 못 느끼던 내가 요즘은 잠에서 깨면 허기가 지는 게 신기하다. 밥을 먹고 집으로 돌아와 창밖을 봤는데 새 날개 모양처럼 구름이 쫙 펼쳐져 있었다. 오랜만에 무더위도 한풀 꺾이고 하늘도 더 높아 보이는 하루였다. 오후에는 스케줄이 있어 회사로 넘어가 인터뷰하고, 곧 있을 앨범을 위해 회의하고 연습실에 가서 노래를 불렀다. 그러고는 사무실 근처에 한 끼 먹기 딱 좋은 백반집으로 가 매니저와 저녁을 먹었다. 열시쯤 다시 집으로 돌아와 구리와 동네 뒷산을 뛰었다.

주변에 자극적인 것도 정말 많지만, 내가 행복하다고 느낀 순간이 언제였을까 하고 떠올리면 대개는 이런 무탈한 하루하루다.

SNS가 주류 문화가 되고 언젠가부터 개개인이 미디어의 역할을 하면서 행복에 대한 초점이 밖으로 전시 가능한 사각 프레임에 자주 맞춰지는 것 같다. 사각 프레임 세상 속에서는 가족과 함께하는 아침식사가 아니라 사람들이 줄 선다는 맛집의 시그니처 메뉴가, 동네 뒷산이 아니라 여행지 속 근사한 풍경이 행복을 대신한다.

기꺼이 카메라를 켜고 싶었던 순간 위주로 기록하고

있어서 그렇지 사실 좋아 보이는 게시물 속 그 사람의 일상이 전부 좋지만은 않았을 것이다. 우리 대부분이 그걸 알면서도 타인의 좋았던 순간을 목격할 때면 그 사람이 꼭 매일을 잘 살 것 같은 착각에 빠지곤 한다. 착각과 실재의 모호한 경계, 시각적으로 관심을 끄는 즐거움. 이런 것들이 더해져 세상이 그리고 우리 마음이 점점 자극적으로 바뀌는 것 같다.

청개구리 기질이 있어서 그런지, 아니면 이런 소란한 것들이 버거워져서인지는 모르겠지만 자꾸만 더 일상적이고 조용한 것들에 눈과 귀를 기울이게 된다.

일상 속의 이창섭은 조금은 슴슴하게 흘러가는 사람이었으면 좋겠다. 화려한 무대, 카메라 앞에서 연예인으로 살아가는 나와 일상 속의 나를 구분하고, 일이 아닌 일상에도 잘 집중하며 살고 싶다. 군 복무를 하는 동안 이 생각이 더 선명해졌던 것 같다. 훈련병 시절에는 특히나 사회에서 해왔던 일과 무관하게 나라는 주체를 잠깐 지우고 모두가 시키는 일을 똑같이 하게 된다. 언제든 난 아무것도 아닐 수도 있다는 게 피부로 와닿는 순간이었다. 그때부터 일하는 자아만이 나라는 사람을 구성하는 전부가 되지는 않았으면 좋겠다는 생각을 하게 됐다.

일상의 슴슴함에 초점을 맞추면 사소한 행복을 느끼는 순간이 잦아짐을 느낀다. 오전에 집에서 내려 마시는 커피 한잔이나, 하늘에 신기한 모양으로 떠 있는 구름에게 집중할 수 있는 무탈한 하루가 좋다. 잠옷을 입고 거실에 앉아서 구리랑 놀아주는 하루. 그리고 넷플릭스에서 영화를 한 편 보다가 어느 새 저녁이 되어 있는 하루. 이렇게 내일도 무탈하고, 행복해야지.

PAGE 3
시절과 나날

예측 가능한 사람,
이창섭

주변 사람에게만큼은 안정적인 존재가 되고 싶다. 새로운 그림을 끊임없이 찾아야 하는 방송가에서는 이런 내 바람이 큰 쓸모가 없을 수도 있겠지만 적어도 주변 사람들에게는 그런 사람이 되었으면 좋겠다. 나를 떠올렸을 때 누군가 마음을 졸이지 않고 예측 가능했으면 좋겠다.

간혹 주변에 당장 내일 잠수를 탄다 해도 그렇게 놀랍지 않을 것 같은 사람이 있다. 혹은 예측 불가능한 매력의 통통 튀는 사람도 있다. 사람이 좋고 싫고의 문제를 떠나 그냥 그 사람에겐 그런 면이 있는 것이다. 반면에 나는 어디로 튈지 걱정할 필요가 없는 사람이었으면 좋겠다. 울타리 안에 있는 사람들에게는 안정감을 주고 편안한 즐거움을 느낄 수 있는 사람이면 좋겠다.

어디선가 '최고의 연인이란 뭘 할지 예측 가능한 사람이다'라는 말을 읽은 적이 있다. 공감되어 고개를 끄덕이면서도, 난 이 말이 연인에만 해당하는 건 아니라고 생각했다. 언제든 한결같이 그 자리에 있어줄 것 같은 존재라면 누구에게나 통용될 수 있을 것이다. 내게서 안정감을 느꼈으면 하는 존재는 연인뿐 아니라 동료, 친구, 가족일 수도 있다.

내가 생각하는 안정감이란 책임감과도 밀접하게 연결된다. 맡은 일을 책임지지 못하고 회피하거나, 타인에게 무언가를 쉽게 미루는 사람이 상대방에게 어떻게 안정감을 줄 수 있을까.

이런 생각은 학원을 운영하고서부터 한층 공고해진 것 같다. 어떤 회사를 대표하는 자리에 있고는 싶은데 책임은 지기 싫다면 그 사람을 과연 좋은 대표라고 말할 수 있을까.

적어도 내 회사에선 동료들이 일할 때 홀로 서 있는 듯이 불안정한 느낌을 받지 않았으면 좋겠다. "너 때문에 이렇게 됐잖아"보다는 "내가 너한테 제대로 설명을 하지 못해서 그렇게 된 것 같아"라고 말할 수 있는 대표가 되고 싶고, 앞으로도 회사 뒤를 든든하게 지키고 있는 사람이 되어주고 싶다. 위에서 말고, 옆에서 말이다.

이 안정감은 사람뿐 아니라 반려견 구리에게도 마찬가지로 적용된다. 난 구리에게는 특히나 책임감 있고, 안정적인 반려인이 되고 싶다. 그래서 구리가 우리 집에 처음 왔을 때부터 분리불안이 생기지 않기를 바랐다. 우리 둘이 한 지붕 아래서 안정적으로 잘 살아가려면 내가 외출했을 때도 구리가 괴롭지 않아야 하니까. 만약 순간의 기쁨만을 좇았다면 나는 매일매일 조그맣고 귀여운 아기 구리의 존재를 어찌할 바를 몰라 하며 쓰다듬고 만지며 따라다녔을 것이다. 하지만 처음부터 너무 예뻐하고 호

들갑 떨면 분리불안이 생길 수도 있다는 말에 강아지 시절 멀찍이서 지켜보면서 밥만 주고 배변만 치웠다.

요즘은 스케줄을 마치고 집에 오면 구리와 함께 일정 시간 산책하는 루틴을 꼭 지키려고 한다. 출퇴근 시간이 일정하지는 못하지만 우리가 하루에 한 번은 함께 나간다는 것을 구리에게 알려주고 싶다. 이건 내가 책임감 있는 사람이 되고 싶어서이기도 하지만 사실 구리 얼굴을 보면 안 할 수가 없다. 그 표정을 보고도 모르는 체하며 집에 있는다? 그럼 내가 정말 무책임하고 못된 견주가 되는 기분이다.

하루 종일 집 안에서 구리는 바깥 냄새 맡고 뛰어다닐 시간을 기다리는데 내가 그걸 외면하는 건 말이 안 된다. 그래서 새벽 한시든, 두시든 구리와 밖으로 나간다. 그러고 보니 구리 덕분에도 조금 더 책임감을 배워가는 사람이 되는 듯하다.

이런 나만의 추구미가 주변에는 어떻게 보일지 모

르겠다. 나는 실제로 주변에 안정감을 줄 수 있는 사람일까?

아직 갈 길이 멀고 모자란 점도 많겠지만, 부디 '이창섭' 하면 '불안' '회피' '남 탓' 같은 단어들보다는 '안정감'과 '편안함' 같은 단어가 더 자주 생각나기를 바라본다.

팬 그리고 위로

처음 팬이라는 존재가 생겼을 때가 생각난다. 비투비는 잘되었다고 말할 수 있을 정도가 될 때까지 시간이 꽤 걸렸고, 처음부터 인지도가 높은 그룹은 아니었다. 그런데 어느 날 우리를 보러 찾아온 사람이 생긴 것이다!

그때는 길에서 누군가가 나를 알아보면 "어떻게 절 아세요?" 하면서 놀라기도 하던 시절이었다. 어떻게 우릴 알고 좋아해줄까. 팬과의 첫 만남은 신기함과 감사함이 공존했었다.

지금은 옆에서 나란히 함께 걸어주고 있는 팬들이 있다는 사실이, 그리고 내가 그들을 '멜로디'라고 부르는 것이 꽤 자연스러워졌다. 서로가 서로의 존재 가치를 증명할 수 있는, 어떨 땐 나보다 나를 더 잘 아는 것 같은 사람들. 이제는 데뷔 때의 신기한 감정은 가시고, 든든하고 감사한 마음이 더 크게 자리를 잡았다.

요즘은 밖에서 공연할 때 내 노래를 듣는 사람들의 함성 소리를 듣고 얼굴을 볼 수 있는 시간이 줄었다. 다들 촬영을 하고 있고, 각자의 휴대폰 속에 비친 나를 보고 있기 때문에 관중의 표정이 잘 보이지 않는다. 그런데 콘서트는 다르다. 콘서트홀에서는 팬들의 시시각각 변하는 표정이 선명하게 보이는데, 솔직히 그럴 땐… 내 호르몬 체계가 완전히 박살나버리는 기분이다. 나를 만나기 위해 이 자리에 오고 세상이 떠나가라 함성 지르는 그 모습을 보는 순간 엄청난 광선 같은 게 심장에 꽂히는 것 같다. (참고로 우리 멜로디는 표정만 좋은 게 아니라 호응도, 노래도 잘한다. 비투비 활동 때는 무대 왼쪽, 오른쪽 파트를 나누기도 하고 음정을 다르게 하기도 했다. 그걸 다 해낸 대단한 사람들이다. 나중에는 화성도 쌓을 수 있게 알려줘야겠다. 하하하.)

아무튼 행복하게 노래를 듣고 있는 멜로디의 표정은 잘 안 잊힌다. 글로 뭐라 형용하기가 어렵다. 어떻게 묘사해야 될지 모르겠는데, 오감이 이 무대 위에 집중되어 있는 듯한 에너지가 있다. 아마 이건 무대에 선 사람이 느낄 수 있는 특권일 것이다.

이번 첫 솔로 정규앨범 컴백 무대 때는 어쩌면 팬들과 듀엣곡을 부르고 있는 게 아닐까 싶을 정도로 하나가 되는 전율을 느꼈다. 목이 낫고 이렇게 다시 무대에 설 수 있어 감사할 뿐이다. 힘든 과정을 잘 견뎌내고 돌아올 수 있었던 마음을 담아 녹음했고, 트랙 하나하나를 귀 기울여 들어주는 사람들이 있어 행복했다.

팬들과의 녹화 현장도 다음 스텝을 내디딜 용기가 되었다. 짧은 시간에 녹화 현장에서 익힌 응원법을 실제 녹화에서 주고받으며 노래를 부르던 중 인이어를 뚫고 팬들의 목소리가 와닿았다. 이런 기분을 느낄 수 있다는 것 자체가 감격스러운 일이다.

팬들을 만나다 보면, 가끔 비투비나 내 솔로 앨범 음악을 듣고 위로를 받았다는 감사한 말을 들을 때가 있다. 칭찬 듣는 게 어색해 뻣뻣하게 굳어버리는 나지만, 이런 말을 들을 때면 가수가 되길 정말 잘했다는 생각이 든다. 내 목소리가 누군가의 기분을 움직이는 데 좋은 영향을 끼칠 수 있다는 건 정말 의미 있는 일이다.

그런 칭찬이 더더욱 감사하게 느껴지는 이유는 내게도 그런 위로의 노래가 있기 때문이다. 벅벅 긁어 써볼 에너지조차 없을 때 힘이 되어주었던 노래였다. 이 자리를 빌려 감사한 팬분들에게, 그리고 이 책을 읽고 계실 지친 누군가에게 그 노래를 추천해 드리고 싶다. 바로 욜란다 애덤스가 부른 버전의 〈I Believe I Can Fly〉다.

이 곡은 연습생 때 자주 들었다. 그땐 왜 그랬는지 먹어도 먹어도 배가 고프고 마음도 고팠다. 지금 그때를 떠올리면 구체적으로 뭐가 힘들었는지 생생하게 기억은 나지 않지만. 그렇게 지치고 고갈될 때면 종종 이 노래를 들었다. 그러면 거짓 허기가 희망으로 채워지는 것 같기도, 데뷔조로 가는 문턱까지 잘 넘어갈 수 있을 것 같기도 했다. 그때 내 속에 이 곡이 위로와 희망으로 각인되어서인지 시간이 지난 뒤 다시 들어도 꼭 그때처럼 희망을 얻는 듯한 느낌이 든다.

앞으로도 무대에 서서 노래로써 힘을 줄 수 있는 사람이 되길. 팬들과 함께 같은 노래를 부르고 웃고 울 수 있길. 나에게 위로가 되었던 그 노래처럼 나도 위로의 노래를 불러줄 수 있길 바라본다.

왜 이렇게들
잘생긴 거야

통통하고 살집 있었던 평범한 고등학생 이창섭은 1차 오디션 합격 연락을 받고 사실 잠깐 설레고 있었다. 나도 이제 연습생이 될 수도 있는 건가. 겉으로는 덤덤한 척하면서도 계속 마음 한구석이 두근거리던 나날들이었다. 딱 회사에 도착하기 전까지 말이다.

아니, 왜 이렇게들 잘생긴 거야?

문을 열자마자 눈이 휘둥그레졌다. 내 시선 정면으로

제일 먼저 들어온 사람부터 나를 압도했다. 얼굴도 작고 눈, 코, 입 그중 뭐 하나 또렷하지 않은 게 없는 그야말로 천생 연예인. 그런데 거기서 끝이 아니라 그 옆으로 비스트 멤버 형들이 줄줄이 앉아 있는 거다.

하필 회사 문을 열고 들어가자마자 처음 본 사람이 연예인, 그것도 유명한 아이돌 그룹이라니. 나름 오디션에 붙어서 여기까지 왔다지만, 외모로는 비교하고 싶은 마음조차 1도 느껴지지 않는 잘생김이었다.

사실 수원에서 사당으로 넘어와 버스를 타고 청담동으로 올 때까지는 합당한 목적으로 내가 그 말로만 듣던 '청담동'이라는 곳을 왔다는 생각에 좀 상기되어 있었는데 회사 문을 열자마자 그들의 잘생김 덕분에 금세 속이 편안해져버렸다.

'1차에 인원이 좀 많이 붙었나보군. 여기서 난 탈락이겠다.'

잠깐 연습생이 된 내 모습을 상상해보았던 지난 며칠과는 달리 나는 그 자리에서 기대감을 접었고, 설레고 울렁거리던 기분도 급속도로 차분하게 가라앉았다.

우습게도 2차 오디션 역시 이런 이유로 1차 때처럼 마음이 편해졌다. 기대가 있어야 긴장도 되는데 그런 마음이 진즉에 사라졌으니 말이다. 보통은 그런 오디션 자리에서는 떨려서 준비해간 것도 다 못 보여주고, 나중에 나와서 아쉬움에 떨곤 한다는데 나는 추가로 보여줄 게 있냐는 관계자분의 물음에 학원에 가져가려고 챙겨뒀던 악보를 꺼내서 그 근래 가장 많이 불렀던 곡을 피아노로 연주하면서 부르는 침착함까지 선보일 수 있었다.

그러니 집에 가서도 오디션 어땠냐는 가족들의 질문에 절대 합격이 안 될 거라고 장담하며 그날 만난 잘생긴 사람들(?)에 대한 이야기를 늘어놓았다. 엄마는 고개를 끄덕이며 "그래, 입시 준비 열심히 해서 대학 가자" 했다. 결과에 대한 기대감이 얼마나 없었는지, 주말에 자다가 최종 합격 전화를 받았는데 그 꿈같은 결과 안내도 휴대폰 너머로 쓱쓱 흘러가버려서 꾸물거릴 정도였다.

환호해도 모자랄 판에 별 반응이 없으니 신인개발팀 팀장님이 "하기 싫으신 건가요?"라며 질문하셨을 정도니…. 그때 정신이 번쩍! 들어 "하기 싫은 거 절대 아닙니다"라고 말씀드렸다.

당시 합격 소식을 들은 엄마의 기쁜 얼굴이 떠오른다. 공부 잘하는 둘째보다는 하던 운동을 그만두고 진로 찾아 헤매는 첫째가 더 걱정이셨을 것이다. 그런데 뜻밖의 기회로 일이 이렇게 일사천리로 진행되어가는 것을 신기해하셨다.

그렇게 나의 연습생 생활이 시작되었다.

치열했던 연습생 생활이….

돌이켜보면 내 인생을 온전히 한 가지에 걸고
몰입할 수 있었던 유의미한 시간이었다.

몰입

처음에는 얼떨떨한 상태로 오디션에 합격했지만, 본격적으로 연습생 생활을 시작하게 된 이후로는 좋은 평가를 받기 위해 나도 여느 연습생들 틈에 섞여 치열하게 달렸다. 여기 모인 사람 대부분이 이 꿈만을 바라보고 모인 만큼 다들 '적당히'가 없었다. 이때까지 내가 썼던 '열심'이나 '성실'은 정말 입버릇 아니었나, 싶을 정도로 말이다. (그렇지 않은 사람도 가끔 있었지만.)

살다 보면 가끔은 '준비한 게 잘 안 되면 어떡하지' 하는 불안함에 대비하기 위해 보험 삼을 만한 대안도 생각해보게 되고, 또 그러다 보면 한 가지에 온전하게 집중하기 어려운 상황에 놓이기도 한다. 그런데 그때만큼은 '이게 아니면 안 된다'는 간절함이 있었다. 돌이켜보면 내 인생을 온전히 한 가지에 걸고 몰입할 수 있었던 유의미한 시간이었다.

연습생 시절은 말로 다 못할 만큼 웃기고 즐거운 추억이 많았다. 하지만 무엇보다 월말 평가 이후가 기억에 많이 남는다. 매 월말 치르는 평가는 어느 계절이든 꼭 그때가 겨울 같았다. 데뷔 멤버가 확정되기 전까지 계속해서 평가 그리고 이별이 반복되었다. 평가가 끝나면 여기저기서 울음소리가 들리곤 했고, 한 차례 작별 인사를 치르고 나면 연습실엔 냉랭함과 한층 더 치열해진 열심이 뒤섞여 오묘한 분위기가 감돌았다.

당시 연습생 출근 시간은 한시였는데, 그 시간에 도착해서는 도저히 연습실을 쓸 수가 없었다. 그나마 댄스 연습실은 널찍하니까 여러 명이 한 번에 들어갈 수 있었는데, 보컬 연습실은 개인실이라 한 명씩만 들어갈 수 있었다. 그래서 부지런을 떨어보겠다며 그다음부터 정시보다 두 시간을 서둘러 도착했다. 두 시간을 일찍 오면 한동안은 연습실 한 자리를 차지할 수 있었다. 그런데 또 머지않아 친구들이 그걸 다 알고 열한시에 출근하기 시작했다. 나중에는 다들 자리 한번 맡아보겠다고 오전 여덟시까지 출근 시간을 당기는 웃픈 상황이 이어졌다.

나 역시 그 웃픈 상황에 뛰어들어 여덟시까지 연습실에 도착하기 위해 수원에서 여섯시 반에는 출발해야 했다. 그 당시엔 새벽같이 일어나서 버스 타고 서울로 오는 게 정말 고됐다. 아니, 오후 한시 출근인데 새벽 여섯시 반 출발이라니 무슨 일이란 말인가. 심지어 출근 시간보다도 훨씬 빠른 시간이라 지하철과 버스가 한산했던 기억이 난다. 그렇게 해서 보컬 연습실을 어렵게 자리 잡으면 쉽게 나갈 수도 없었다. 한번 나가면 자리를 다른 사람에게 줘야 하니까. 그래서 다들 점심시간까지 나오지도 않고, 추워도 그 안에서 쉬고, 또 오래 쉬면 눈치 보이니까 금세 다시 일어나 연습하는 나날들이 이어졌다.

연습생은 많고 공간은 부족하니 화장실에서 연습하는 일도 태반이었다. 복도에서 연습하기엔 안에서 연습하는 친구들에게 소리가 방해될 테고, 그렇다고 들어갈 곳은 없고, 화장실만 한 곳이 없었던 거다. 그럼 몇 명은 이어폰을 끼고 화장실로 들어갔다.

다들 이렇게 열심히 할 수밖에 없었다. 어린 나이였지만 우리도 케이팝 시장에서 괄목할 만한 성과를 거둔 대형 소속사가 그리 많지 않다는 것을, 그런 곳에서 연습생이 되는 것도 쉽지 않다는 것을, 데뷔조에 들기란 더더욱 쉽지 않다는 것을 잘 알고 있었기 때문이다. 그러니 아등바등 치열하게 연습하는 건 우리에게 당연한 일이었다.

그나마 다행인 것은 아등바등하면서도 우리가 서로를 시기하거나 인격적으로 미워하지 않았다는 것이다. 치열한 경쟁 속에 서로 미워하기까지 했더라면 그 시간을 함께 부대낀 모두가 얼마나 괴로웠을까.

우리는 시간이 좀 지나고부터 전우애 같은 게 생겨서 서로 연습실 사용 시간을 정해서 양보하기도 했다. 내가 간절하면 저 친구도 간절하긴 마찬가지고, 우리가 누구와 함께 데뷔할지도 모르는데 혼자만 잘하는 것만이 능사가 아니라는 걸 어렴풋이 깨우쳐갔던 것 같다.

그렇게 한 달을 온통 연습으로 꽉 채워 보내고 평가를 받을 때면, 연습이란 게 참 무섭고 신기한 것이란 걸 체감할 수 있었다. 희한하게도 연습을 소홀하게 했던 친구들은 다음 달에 여지없이 얼굴을 볼 수 없게 되었으니 말이다.

하루하루 가까이 있을 땐 잘 모르지만, 연습을 많이 하지 않은 친구들은 그게 쌓여 30일이 지날 때쯤 고스란히 티가 났다. 연습이라는 건 레이어처럼 촘촘하게 실력을 쌓아가야 한다는 걸, 어느 날 한번에 몰아서 할 수는 없는 거라는 걸 그때 확실히 배웠다.

차갑고도 뜨거운 시절이었다.

데뷔
그리고…

첫 데뷔 무대 날. 그때는 모든 순간이 신기했다. 가수라는 직업을 가진 선후배 동료분들과 방송국에 있다는 것 자체로 얼떨떨하고 감회가 새로웠다. 내가 TV에서만 보던 사람들과 같은 프로에서 일을 하고 있다니. 심장이 쉼 없이 두근거렸다.

그날은 내 생애 최고로 정신 없었던 날이자, 놀라운 음 이탈이 났던 역사적인(?) 날이었다. 지금도 팬들 사이에서 종종 흑역사 영상이자 추억처럼 회자되고 있다. 그런데 정작 나는 그날의 기억이 선명하게 떠오르질 않는다. 극도로 긴장하고 있었고, 무대를 내려와서 어디로 가야 하는지, 누구에게 어떻게 인사를 드려야 하는지 아무것도 모르니까 그저 매니저 형이 이끌어주는 대로 따라다니느라 무언갈 생각하고 기억할 틈조차 없었던 것 같다.

당시에는 언론사들이 모여 있는 종로 인근을 순서대로 돌면서 기자님들을 찾아뵙는 일정도 있었다. 그때마다 기자님이 기사 쓰는 데 필요한 질문들을 몇 가지 하셨는데 질문에 답하는 그런 자리가 데뷔 초에는 얼마나 긴장되고 떨렸는지 모른다.

매 순간 어떤 말을 해야 할지, 어떤 단어를 쓰는 게 가장 그 의미를 잘 전달할 수 있을지 모르겠어서 떠오르는 단어를 입안에서 우물거리다 삼키는 일이 반복됐다. 하나하나가 어려우니 에너지가 다 소진되어서 다음 기자님을 뵀을 땐 인터뷰 중에 느닷없이 졸음이 쏟아진 적도 있었다.

비투비는 데뷔 처음부터 스포트라이트를 받은 그룹은 아니다. 그래서 앨범을 홍보하기 위해 두 번째 앨범이 나왔을 때까지는 롯데월드 어드벤처 스테이지에 올라가서 매주 공연도 했다. 지금은 라이브나 유튜브 등 자체적으로도 알릴 수 있는 방법과 콘텐츠가 많이 있지만, 그때는 방송사와 언론 인터뷰가 비중의 대부분을 차지하고 있었다. 그래서 극적으로 인기가 치솟지 않는 이상 그 그룹이 눈에 잘 띄지 않았다. 우리 역시 비투비가 얼마나 알려지고 있는지, 인지도가 올라가고 있긴 한 건지를 체감할 수가 없으니까 불안했다. 데뷔 후 약 3년 정도는 잘 안 돼서 수익이 없었고, 우리도 정산받을 금액이 없다 보니 매월 회사로부터 용돈을 받아 써야 했다.

불안감을 정말 많이 느꼈던 시기였다. 뒤늦게 좋은 반응이 오기 시작하면서 '대기만성형 아이돌'이란 수식어가 붙기도 했지만, 당시엔 앞날이 어떨지를 알 수 없으니 그저 막막했던 것 같다. 앨범을 낼 때마다 잘됐다는 느낌이 좀처럼 오질 않는 거다. 비슷한 시기 혹은 더 뒤에 데뷔한 그룹도 데뷔곡이든 안무든 뭐 하나가 계기가 되어 확 알려지면서 인지도가 올라갔는데, 우리는 그런 게 없는 것 같아서 얼마나 조바심이 났는지 모른다.

'나름 알려졌다는 회사에서 데뷔를 해도 잘 안 될 수도 있겠구나. 그럼 우린 뭘 해야 하지? 뭘 할 수 있지?' 하는 현실적인 고민 앞에서 살 길을 찾아보려고 머리를 싸매던 시절이 있었다.

가사를 쓸 기회는 없을까 하고 작곡가 형들 주변을 기웃거리기도 했다. 그렇게 1년 정도를 종종거리다가 어느 날 깨달았다. 내가 건드릴 필요가 없는 영역이 있고, 각자가 잘할 수 있는 부분이 명확하게 있다는 것을 말이다. 일단은 내가 잘할 수 있는 부분에 집중하는 게 맞겠다 싶었고 그래서 노래 연습에 더 매진했다.

그렇게 시간이 흐르던 날, 그룹 내 보컬 라인에게 줄 노래가 있다며 곡 하나가 우리에게 왔는데 그 곡이 〈괜찮아요〉였다. 그때 그 곡을 듣고 발라드인데도 타이틀 곡으로 활동해보고 싶다는 욕심이 생겼다. 그래서 멤버들이 뜻을 모아 의견을 전달드렸는데, 회장님도 선뜻 알겠다고 하셨다. 그때 회사 관계자분들의 마음이 어땠는지는 모르겠지만 연이어 앨범이 잘 안 풀리니 약간은 자포자기하는 심정으로 모험을 결정하신 것 아니었을까 싶기도 하다. 그런데 그 곡이 공개되자 반응이 전과는 달랐다.

첫 1위를 했을 때는 회사 내부적으로도 엄청난 경사였다. 타이틀 곡이 공개된 뒤 시간이 좀 흐르고 실시간 차트 1위를 했던 순간 우리는 직원분들과 같이 부둥켜안고 울었다. 그동안 고생하며 돌고 돌다 드디어 언덕 하나를 넘은 것 같았다. 꽉 막혀 있던 게 조금 해소되는 기분이었달까. 그 순간은 아직도 사진으로 찍은 것처럼 머릿속에 새겨져 있다. 이후 〈집으로 가는 길〉 〈봄날의 기억〉이 연이어 잘되면서 본격적으로 정신 없이 스케줄을 소화하고 달리기 시작했던 것 같다.

일이 풀리지 않을 때 느꼈던 주체할 수 없을 정도의 불안함, 잘되고 나서는 감당하기 어려울 정도로 바빴던 스케줄. 롤러코스터처럼 오르고 내리는 그 지난한 과정을 혼자서 다 감당해야 했다면 내가 과연 잘 해낼 수 있었을까. 그 과정을 함께 지고 가는 사람들이 있어서 잘 지나올 수 있었다.

그때 우리가 함께여서, 정말 어려웠던 시기도 웃으면서 떠올릴 수 있어서 다행이다. 다시 돌아오지 않을 소중한 20대, 미완성이어서 아름다웠던 시기에 좋은 사람들과 함께 고생할 수 있어서 행복했다.

특별하진
않지만

약속을 잡거나 시간을 정하지 않아도 볼 수 있는 친구들. 누워 있다가도, 밥 먹다가도 언제나 자유롭게 얘기 나눌 수 있는 친구들. 비투비 숙소 생활은 나에게 그런 소중한 친구들을 만들어주었다.

숙소 생활이란 여행과는 느낌이 사뭇 다르다. 아무래도 여행은 기간이 대체로 짧다. 그렇기 때문에 매일 살아가는 일상처럼 시간이 흐르지 않고, 순간순간이 의미 있게 지나간다. 그래서 여행은 어딜 갔었고, 그때 뭘 봤고,

어떤 일이 있었는지에 초점을 두기 마련이다. 한편 숙소 생활은 여행과는 반대로 자연스러운 일상의 풍경들이 먼저 떠오른다. 그냥 가족들과 함께 사는 것 같은 시간에 가깝기 때문이다.

긴 시간을 늘 함께해온 사이처럼 보내는 것. 사소하고 즐거운 기억들을 같이 써 내려가는 것. 그게 나에게는 지난 숙소 생활을 아우를 수 있는 적합한 표현일 것이다.

누군가 밥을 지으면, 다른 누군가는 상을 차리고, 또 누군 라면을 끓이고…. 각자 방에 들어가 있다가 모여서 상에 둘러앉아 밥을 먹었다. 그땐 뭘 먹어도 항상 맛있었다. 그러고 나면 같이 모여서 게임을 하며 누가 이겼네 졌네 한 차례 왁자지껄해졌다.

특히 지금 생각해도 미스터리한 일은 속옷이나 양말이 계속해서 사라진 것이었다. 그때 누가 "우리 빨래를 세탁기가 집어삼키는 거 아니냐"고 하면서 깔깔 웃었던 게 기억난다. 희한하게도 양말을 막 여섯 켤레씩 새로 사 놔도 한짝, 한짝 사라지다가 결국은 두 켤레 정도만 남아 있었다. (그땐 우리 숙소에서만 일어나는 일인 줄 알았는데, 이야기하다 보니 이런 경험담을 가진 사람이 꽤나 많았다. 신기하다.)

처음 데뷔할 때는 비투비 멤버 전원과 관계자분들까지 포함해 거의 열 명이 함께 숙소 생활을 했다. 정말 복작복작했다. 대가족이 같이 산 셈이다. 가끔 유튜브 알고리즘에 그때 촬영했던 영상이 걸려서 재생해보면 그렇게 붙어서 어떻게 같이 살았나 싶다. 좀 시간이 지나고는 몇 명씩 나뉘어 나를 포함한 멤버 네 명이 한 집에서 지냈다. 그때부터는 각자 방을 썼다. 서로의 생활이 존중받을 수 있었고, 원할 때는 함께 모여서 무언갈 할 수 있으니까 더할 나위 없이 좋은 시기였다.

심지어 제일 큰 방을 내가 썼다. 맏형이 따로 있지만 최고로 공정한 제도(?)인 가위바위보를 통해 얻은 것이기 때문에 미안함 따윈 느끼지 않았다! 당시 숙소에 화장실이 두 개였는데, 그중 하나가 내 방에 딸려 있었고 그 안엔 욕조도 있었다. 완전 행운 그 자체였다.

넷이 살 땐 가끔 기분 낸답시고 집 앞 오리고깃집에서 오리 장작과 통삼겹이 반반 들어 있는 모둠 장작 바비큐를 시켜 먹기도 했다. 우린 그걸 그렇게 좋아했다. 그 당시 5~6만 원 정도 하는 메뉴였으니, 분식이나 다른 배달 음식보다는 훨씬 비싼 편이었다. 그걸 시키면 플렉스하는 느낌이 들어 괜히 기분이 더 들떴달까.

혼자 지내는 것도 좋아하고, 고립의 순간도 즐기는 사람이지만 돌이켜보면 그룹 활동하면서 누군가와 함께 부대꼈던 것이 여러모로 도움이 되었다는 생각을 자주 한다. 구멍 없이 빽빽했던 스케줄을 인내할 수 있었던 것도 멤버들 덕이 크다. 무언가 하기 싫을 때가 있어도 같이 있어서 해나갈 수 있었다.

그때는 더 어릴 때라 성격이 지금보다 다듬어지지 못한 부분도 많았다. 그런 미성숙한 인격이 눈치 없이 고개를 들 때면 은광이 형이 데리고 나가서 토닥여주고, 나한테 도움이 안 될 만한 행동이 있으면 적절하게 조언도 해줬다. 지금 참는 게 너한테 더 좋을 거라고 말이다. 그럼

씩씩대다가도 또 마음이 금세 가라앉곤 했다.

솔로 앨범 등 멤버들과 함께하는 활동이 아닌 경우에는 혼자서 해야 하기 때문에 그룹 활동을 할 때보다 챙겨야 하는 일이 많아졌다. 내가 지금 잘 버틸 수 있는 건, 20대를 함께 잘 이겨내는 동안 내성이 생겼기 때문 아닐까.

내가 뭔가를 꾸역꾸역 할 수 있도록 도와주고, 쓴소리와 조언도 선뜻 해줄 수 있는 누군가가 곁에 늘 있었다는 게 얼마나 좋은 것이었는지 날이 지나도 그때의 고마움은 오히려 짙어지기만 한다.

다들 항상 고마워!

최단 거리로 계산하지 않기

"겪어봐."

시행착오가 있을 걸 알고도 그걸 묵묵히 곁에서 지켜봐 주는 게 결코 쉬운 일이 아니라는 것을 갈수록 더 깨닫는다. 그런 지점에서 엄마가 새삼 대단하다고 느낀다.

어딘가에 도달하기까지의 과정이 있다 치면 엄마는 그걸 최단 거리로 계산하는 법이 없었다. 엄마는 내가 엄한 길을 거쳐 돌아 돌아 갈 수도 있고, 때론 왔던 길을 되돌아가야 할 수도 있으며 그 과정 역시 겪어봐야 한다고 여겼다.

통제적인 성향이 강하고 불안 지수가 높은 부모 밑에서 자랐다면, 새로운 일에 도전해야 할 때마다 모든 과정이 훨씬 더 조심스럽고 어렵게 느껴졌을지도 모른다. 돌이켜보면 내 인생의 정말 많은 부분이 새로운 일에 대한 도전이었는데, 내가 이 모든 것을 주저하고 힘들어했다면 지금 어떤 삶을 살고 있을까. 짐작조차 하기 어렵다.

엄마는 나에게 언제나 겪어볼 여유를 줬다. 우리 집은 대체로 뭔가를 강하게 억압하지 않는 분위기였다. 그래서 감사하게도 많은 것을 경험해본 다음 나에게 맞는 것, 옳다고 여겨지는 것을 배워갈 수 있었다.

스케이트보드 선수 준비를 하다가 발목에 부상을 입었을 때도, 엄마는 진로 변경을 위해 나를 채근하거나 특정 분야를 고집하지 않았다. 대신 나에게 드럼을 배워보지 않겠냐고 물었다. 드럼을 배워보겠냐고 물어본 이유도 전공을 바꾸기 위해서가 아니라, 건강하게 에너지를 발산할 겸 새로운 무언가를 접해보라는 의미였다.

엄마는 이런 식으로 내가 안 해본 것들을 잘 도전해 볼 수 있도록 옆에서 약간의 길잡이 역할만 해주었다. 나도 성격상 뭘 하기 전에 하나하나 다 물어보는 타입이 아니라, 직접 해보고 그래도 안 되면 물어보는 쪽이었다. 그래서 엄마가 추구하는 방향이 내 기질과도 잘 맞았다. 감사하다. 친구로 만났다 해도 우리는 서로 잘 맞을 거라는 걸 감지하고, 그렇게 지지고 볶으며 절친하게 지냈을지도 모르겠다.

지금도 엄마는 내게 유쾌한 친구 같은 존재다. 가까운 거리에 살면서 편안하게 만나고 자주 커피도 마시고 밥도 먹는다. 속내를 가감 없이 말하는 것도 편하다. 어릴 때부터 그랬다. 내가 칭찬받을 짓만 하는 아들도 아니고, 그래서 잔소리도 적잖이 들었지만 그때도 그랬다. 엄마에게 숨김 없이 속내를 편히 이야기할 수 있었던 이유는 첫째, 엄마가 내게 경험해보고 실패할 여유를 주었기 때문일 것이고 둘째, 나의 모습을 있는 그대로 받아들여 주었기 때문일 것이다. 자기보다 한참 어린 아들에게 하고 싶은 말이 많았을 텐데. 그렇게 하는 건 시행착오일 거라고, 이렇게 하는 게 더 빠를 거라고 말해주고 싶은 순간이 많았을 텐데 말이다. 하지만 엄마는 오늘도 내 시도를 존중하고 묵묵히 응원해준다.

무엇을 하든 하나씩 스스로 경험하고 몸소 터득할 수 있어서 좋았다. 그래서 나는 누군가에게 조언하는 것 자체가 때론 무의미하지 않나 생각한다. 내가 조언할 깜냥이 되지 않는다는 생각도 있다. 그래도 상대가 원한다면 내 생각 안에서 열심히 조언해볼 수는 있겠으나 사실 본인이 겪지 않으면 조언이라는 게 진심으로 와닿지 않을 거라는 생각도 있다.

가르치는 학생들에게도 가급적 엄마가 했듯 비슷한 방식으로 기조를 이어가려고 한다. 물론 티칭은 조언과는 성격이 다른 영역이라 더 직접적으로 가르쳐야 하는 부분들이 생기지만, 그럴 때도 스킬 위주로 떠먹여주기보다는 배우는 쪽에서 직접 깨우치고 실천할 수 있도록 가르치려는 편이다. 본인이 스스로 연습해보고, 몸으로 변화를 직접 느낄 수 있었으면 좋겠다.

학원에서는 가급적 고민이 전혀 없는 질문을 받지 않으려 하고 있다. 가령 "고음이 안 나오는데 어떻게 해야 해요?"라고 막연하게 질문하기보다는 "고음을 내기 위해서 이렇게 해봤고, 저렇게 해봤는데, 이때는 살짝 나온 것 같긴 하다. 그런데 어떠어떠한 상황에선 또 안 나온다"와 같이 좀 더 본인이 시도해본 바와 고민을 담아서 질문해 달라고 지도한다. 구체적인 고민을 하기도 전에 미리 답부터 얻어 빠르게 도달할 수 있는 방법은 없기 때문이다. 뭐든 겪어보아야 안다.

오늘도 나는 무언가를 겪어가며 배우고 있다. 때론 돌아가고 유턴하더라도 그렇게 겪은 것들이 결국 내 안에 쌓여 앞으로 나아갈 방향을 알려줄 것이다.

가만하고
편한 사이

좋은 동료와 무려 두 번의 직장에서 함께하는 것은 엄청난 인복일 것이다. 나는 나와 나이 차이가 그렇게 많이 나지 않는 또래 매니저와 전 소속사에서부터 지금까지 함께 일하고 있다. 이제는 같이 일한 지 시간이 오래 지나 편하게 이름을 부르는 사이가 되었다.

그는 원래 비투비를 담당하는 매니저 중 한 분이었다. 체구가 작고 조용한 스타일이라, 솔직히 말하면 이렇게 오랫동안 같이 일하게 될 거라는 생각도 못 했다. 그러다 내 개인 활동이 많아지면서 내 스케줄을 전담하게 되었다. 함께 일해보니 손발이 너무 잘 맞고 좋아서 회사 관계자분에게 얘기해 내 일정을 다 맡아줬으면 한다고 부탁드렸다. 그리고 내가 현재의 소속사로 오게 되면서 그에게 같이 가지 않겠냐고 제안했다. 결과가 어떻든 선택을 존중한다고 했는데 같이 와줬으니 너무 고마운 일이다. 누구든 회사 두 군데에서 함께한다는 건 대단한 인연일 것이다.

서로 아무 말 하지 않고 있어도 평화로움이 느껴지는 사람을 좋아한다. 눈치 보지 않고, 뭘 해야 할까 고민하지 않아도 되는 사람. 내 초등학교 동창이자 함께 창꼬를 운영하는 총괄이사와 지금의 매니저인 그가 그런 스타일이다.

우리는 시시콜콜한 대화를 자주 나누거나 서로에게 고마운 마음을 막 섬세하게 표현하는 사이는 아니다. 일로 만난 관계라 해도 어떤 사람과는 취향이나 코드가 잘 맞는 걸 계기로 급속도로 친해지기도 하지만, 매니저와 나는 그런 관계는 아니다. 식사하면서 말을 많이 하지도 않고, 메뉴를 고를 때도 그냥 간단하고 빨리 나오는 것들 위주로 골라서 든든하게 한 끼 챙겨 먹는 직관적이고 단순한 스타일이다. 어떻게 보면 이런 사이가 심심해 보일 수도 있겠다. 하지만 우리는 함께 지나온 매일이 있고, 서로가 안정감 있고 든든한 존재라는 신뢰가 있는 관계다. 이런 것들이 하나둘 쌓여 지금까지 올 수 있었던 거 아닐까.

그는 본받고 싶은 점이 많은 친구다. 주고받은 이야기를 그냥 흘리거나 잊어버리는 일이 없고, 또 현재 상황에서 자기가 무엇을 하는 게 가장 적절할지를 항상 염두에 둔다. 무엇보다 좋은 점은 항상 'WHY'를 설명해주는 점이다. 일방적으로 통보하지 않고, 현장에서 급하게 바뀌어야 하는 무언가가 생길 때나 새로운 프로그램을 시작할 때 궁금한 점을 물어보면 '그냥'이라 말하지 않고, 항상 합당한 이유와 설명을 들려주었다.

그래서 나는 촬영하면서도 중간중간 큰 그림 위주로 물어보며 그에게도 의견을 구하는 편이다. 내가 지금 잘

하고 있는 게 맞는지, 네가 보기엔 어떤지, 재밌게 잘 가고 있는 것 같은지 하는 것들 말이다.

이 글을 빌려 슬쩍 그를 비롯해 회사 관계자분들에게 고마움을 전해본다. 그저 잘한다, 잘한다 하고 대충 넘어가는 게 아니라 꼭 얘기해줘야 할 부분들이 있으면 짚어주어 고맙다고, "이렇게 가면 더 괜찮게 나올 것 같다"고 진심으로 고민해주고 말해줘서 고맙다고 말이다.

1991

앨범이 나왔다. 열두 곡 꾹 눌러 담은 첫 정규 솔로 앨범이다. 목 상태가 괜찮았다면 이전에 미니 앨범이 한 번 나왔어야 했다. 그때 선보이지 못한 게 너무 아쉬워서 이번 앨범에 그런 마음을 아낌없이 담았다.

혼자서 내는 앨범 수록곡이 무려 열두 곡이라, 회사 관계자분들과 논의할 일도 굉장히 많았다.

앨범 제목은 《1991》이다. 제목을 결정하는 자리에서 주저 없이 태어난 해인 1991이라는 숫자를 집었다.

이번 앨범 안에는 시간을 담고 싶었다. 과거, 현재 그리고 미래. 내 시간뿐 아니라 듣는 이의 시간이 그 노래를 통해 떠오를 수 있으면 좋겠다. 〈Golden Hour〉는 힘든 과정을 잘 지나온 시간 그리고 드디어 이겨냈다는 느낌이 드는 순간을 떠올리며 녹음했고, 〈#RUN〉은 저녁이 되기 전에 나를 가라앉히는 석양 같은 순간들을 떠올리면서 녹음했다. 시간과 순간, 그 안에서 노래하고 고민하는 내가 녹아 있는 앨범이다.

나는 사람이 추억을 먹고 산다고 생각한다. 평소에는 미래지향적, 성장형으로 사고하고 살려고 노력하지만 결국 지친 나를 지탱해주는 건 좋았던 순간, 잘 이겨냈던 시간을 추억하는 일이었던 것 같다. 그래서 듣는 사람도 곡을 들으면서 자기만의 추억이 담긴 시간이 떠올랐으면 했다.

평소에 작사를 자주 하는 편은 아니지만 이번 앨범에서 한 곡의 가사를 직접 썼다. 〈33〉이라는 곡이다. 가사에는 2023년 하반기부터 이 곡 가사를 쓸 때까지의 시간이 고스란히 녹아 있다. 환경이 새롭게 바뀌고 인생의 시즌 2가 시작되는 듯한 상황 앞에서 낯설기도 한 마음과 한편으론 힘들었던 마음 그리고 팬들에게 나누고 싶은 이야기 등이 담겨 있다. 이 곡의 가사 초안을 다 쓰는 데 20분도 채 안 걸렸던 것 같다. 내 마음을 있는 그대로 술술 써 내려갔기 때문일 것이다.

'소년을 품은 바람, 두려웠던 그 밤. 계절은 또 날 되감는다.' 지나간 추억을 회상하면서 힘을 얻는 나. '그렇다 해도 후회한대도 나아갈 뿐야 멈출 수 없어.' 어떤 순간이든 주저앉기보다는 그냥 매일 해야 할 일에 몸을 맡기기로 결정하는 나. 그런 모습들이 가사 안에 있다.

나는 비교적 빠르게 가사를 쓴 다음, 내가 선택한 단어보다 좀 더 의미를 잘 전달할 수 있는 단어가 있는지를 죽 둘러보는 편이다.

지난 4월에 나온 싱글인 〈그래, 늘 그랬듯 언제나〉의 가사도 그랬다. 앞부분에 '내겐 쉽지 않았어. 지나가는 그때의 하루. 백야 같은 끝없던 밤들'이라는 가사가 있는데,

거기서 '백야'라는 단어는 의미를 여러 번 생각하고 넣은 것이다. 백야는 밝다. 밝은데 밤이다. 밤인데 밝으니까 제대로 못 쉬는 느낌도 있고, 잠들어야 하는데 잠 못 드는 느낌도 있다. 이 가사를 쓸 때 백야가 그런 의미로 다가왔다. 계속 밝아 보이는 날이 누군가에게는 오히려 어둡고 힘든 과정일 수도 있다는 걸 상징하는 것 같아서 마음에 들었다.

내가 이렇게 곡에 이런 의미를 담는 것과는 별개로 내 노래가 누군가에게 도착했을 때는 의미가 제한되지 않았으면 좋겠다는 마음도 있다. 단어와 가사, 만드는 사람의 의도로 규정지어지는 게 아니라 곡이 넓게 넓게 열린 채로 다가갔으면 좋겠다.

내가 정의하는 가수란 '전달하는 사람'이다. 음정, 퍼포먼스 같은 요소들도 물론 중요하지만 결국 가장 중요한 건 내가 누군가에게 곡과 의미를 전달하는 일이다. 듣는 사람에게 내가 무엇을 전달할 것인지 항상 고민하고, 내 이야기를 나누면서 듣는 사람만의 이야기가 들어올 공간도 만들어주고 싶다.

내가 하고 싶은 노래는 그런 노래다. 누군가는 자기의 사랑 이야기를 투영하고, 누군가는 슬럼프를 투영하는 노래. 《1991》도 그렇게 사람들에게 닿았으면 좋겠다.

1991

01. Macchiato

02. 33

03. OLD TOWN

04. 희망고문

05. Saturday night

06. NEW WAVE

07. Golden Hour

08. STAY(幻)

09. 기사도

10. 뻠뻠(BUMPBUMP)

11. #RUN

12. 그래, 늘 그랬듯 언제나

죽음에 대한 단상

죽음이란 단어는 인간에게 균등하게 주어지는 티켓 한 장처럼 느껴진다. 경제적으로 여유가 있으면 바쁠 때 시간을 좀 더 아낄 수 있고, 아플 때 치료를 연장할 수 있을지는 몰라도 우리가 마침내 맞이해야 하는 죽음 앞에서는 아무도 장사 없기 때문이다.

우리가 살고 있는 삶의 차원에서는 결국 출생에서 죽음으로, 한쪽 방향으로만 흘러가게 되어 있다. 꼭 피할 수 없는 무빙워크의 끝, 결승선 같다.

숙제도 임무도 아닌, 우리가 한 번씩 맞이해야 하는 무언가 말이다.

이 광활한 우주에서 한 사람의 죽음이란 티끌보다도 작은 일일 것이다. 아니, 죽음뿐 아니라 우리가 아등바등하며 사는 삶 자체가 너무 작은 일일 것이다. 그렇게 멀리 떨어져서 인생을 바라보면 삶에도 죽음에도 그리 연연할 필요가 없어 보이지만, 막상 매일을 살다 보면 초연한 자세를 갖기가 쉽지 않을 때가 대부분이다. 주어진 일들을 잘 해내고 싶은 욕심이 있어서인지 아니면 늘 이루고 싶은 무언가를 생각하며 달려와서인지 삶에 대한 미련이 아직은 큰 편인 것 같다. 그래서 아주 먼 미래보다는 가까운 미래를 계획하고 기대하며 살아간다.

치열하게 고군분투하는 삶의 시기를 지나 몸과 마음이 여유로워지는 노년의 시기를 맞으면 그 나름대로 좋을 것 같다. 하루하루 벌어지는 시시콜콜한 이야기를 나누는 데 즐거움을 할애하고, 지금보다 자주 오늘의 날씨와 풍경을 감각하고, 늙어가는 내 몸이 어떤지 따위의 변화를 느끼면서 사는 것도 나쁘지 않을 것이다.

10대 때 바라봤던 세상과 30대에 바라봤던 세상이 다르듯 50대, 60대, 그 이상을 지날 때 달라져 있을 내 시선이나 생각, 상황 등도 궁금하다.

각자에게 주어진 수명의 끝이 언제까지인지 우리는 알 수 없다. 인간의 평균적인 생애 주기를 놓고 보면 아직 30대 초반은 죽음과 한참 떨어져 있는 시기이지만, 순서가 없다고 느껴질 정도로 갑작스러운 죽음 역시 분명 존재한다. 물론 그렇다 해서 끝을 계속 염두에 두며 사는 건 어려운 이야기지만 말이다.

인생의 마지막 날은 너무 아픈 사고 없이 평온하게 맞이할 수 있으면 좋겠다. 그리고 막연하게나마 바라는 바가 있다면 관절염 오는 그날까지 같이 곁에 있는 사람들과 희희낙락하면서 일상을 느껴보고 싶다.

멋쟁이 할아버지로 늙기

나도 언젠간 60대를, 70대를 맞이할 것이다. 그때 나는 내가 바랐던 멋쟁이 할아버지가 되어 있으면 좋겠다. 미래의 나는 어떤 식으로 바뀌어갈진 모르겠지만 지금의 내가 꿈꾸는 멋쟁이 할아버지는 아쉬운 소리, 함부로 판단하는 소리를 안 하는 사람이다.

금전적으로는 남에게 손 벌리지 않고 나의 노후를 꾸릴 수 있었으면 좋겠다. 나이가 들어서도 일을 계속할 수 있다면 영광이겠지만, 나이 든 팬들과 가끔 모여서 같이 노래를 부를 자리가 마련된다면 그것만으로도 충분히 행복할 것이다.

그때쯤이면 내 자식들을 위한 삶을 살고 있을까? 아니면 자식들은 다 독립시키고 마당에 심은 나무들 가지치기하면서 강아지랑 아내랑 평온하게 쉬면서 살아가고 있을까? 글을 쓰다 보니 상상이 멀리 간다.

아무튼 물질적으로도 정신적으로도 누군가에게 계속 의존하거나 기대어야만 하는 사람이 되지 않았으면 한다. 아쉬운 소리를 하지 않고 싶다는 것은, 노년기에도 독립적인 사람으로 살고 싶다는 의미인 듯하다.

사실 미래의 나는 꼰대 할아버지가 되었을 가능성도 농후하다. 하하하. 하지만 꼰대 같은 모습은 지혜롭게 잘 숨겨두고, 있는 그대로를 바라볼 수 있는 사람이 되면 좋겠다. 내가 살아온 세월을 근거 삼아 혹시 내 안에서 주장이 확고해지더라도, 쓴소리를 절제하는 미덕을 가지고 나만의 생각에 갇히지 않기를 바란다.

그때의 젊은 세대에게는 그들만의 생각이 있을 것이

고, 사회적으로 시대의 바람이 새롭게 불어오는 것일 테니까. 함부로 재단하지 않고 지켜볼 수 있는 사람이 되고 싶다. 지금도 누가 나에게 무언가를 물어보기 전에 앞서 조언하는 일은 가급적 하지 않으려고 노력한다. 음악학원을 운영하다 보면 멘토의 입장에서 무언가를 이야기해야 할 때가 종종 있는데, 그때도 "이렇게 해"나 "그건 틀렸어"보다는 내가 대처했던 방식이나 마음가짐이 어땠는지를 소개하고 "참고해봐" 정도의 방향성을 알려주려고 한다.

누군가에게 내 사상을 가르치고 싶지 않고, 내 생각을 주입시키고 싶지도 않다. 나는 누군가의 인생에 그럴 자격이 있는 사람이 아니고, 그냥 내 인생을 살아온 나일 뿐이니까.

미래의 창섭 할아버지야, 듣고 있지?

비교는 금물

가끔은 세상이 온통 비교로 가득 차 곧 터져버리는 건 아닐까 하는 생각이 들 때가 있다.

한국 사회에서 비교로부터 정말로 자유로운 사람이 과연 몇이나 될까. 그나마 어릴 때 집에서는 남과 비교당할 일이 드물었던 덕에 다른 친구들보다는 어떤 면에서 자유롭게 큰 것 같기도 하다. (아마 들들 볶이고 비교당하면서 자랐다면, 수학시험 0점을 맞아본 적 있다는 이야기를 방송에서 웃으면서 할 수 없었을지도 모른다.)

사람과 사람을 두고 비교하기 시작하면 끝도 없이 불행해진다. 상대적으로 생각하면서 절대적인 기준도 없어지고 실체 없는 비교 속에 갇히기 때문이다. 그러면 생각이 닿는 모든 것이 비교의 대상이 되어버릴 수 있다. 외모나 출신 학교, 성적, 사는 곳, 전세인지 자가인지, 차종은 무엇인지, 심지어는 여행은 얼마나 자주 가는지, 돈을 벌면서 얼마나 시간적 여유를 누릴 수 있는지 또는 얼마나 일이 많고 인기가 많은지, 입고 있는 옷 브랜드 하나하나까지 따져 보면서 말이다.

그뿐인가. 이걸 한 사람하고만 비교하는 게 아니라, 사람까지 바꾸어가면서 또 새롭게 생각이 닿는 대로 면면을 비교하고 그렇게 위축되고 괴로워한다. 도달할 수 없는 100점, 아니 100점이 뭔지도 모르는데 끝없이 마음만 축내는 상황에 놓인다.

어릴 땐 특히 비교로부터 자유롭지 못한 순간들이 여럿 있는 것 같다. 성적으로 등수가 매겨지는 학교에서나, 연습생 때처럼 말이다. 옆 친구와 실력을, 연습 시간을,

상대방이 갖춘 능력치를 계속해서 비교하고 비교당해야 하는 상황 속에서 결코 우리는 저울질에서 자유로울 수 없다. 어쩌면 나도 어릴 땐 세상이 그런 경쟁사회라는 것을 어느 정도 받아들였기 때문에 연습생 생활을 잘 버텼는지도 모른다.

그러나 어느 시점부터 내 안의 중심이 단단해져야 한다고 느끼는 순간이 있었다. 집단생활이 많고 학교에서 알려주는 대로 따라야만 했던 10대 때와 달리, 20대 그리고 30대를 맞이하면서 자율적으로 선택할 수 있는 폭이 넓어지는 걸 느낀다. 그때 내가 뭘 좋아하는지 내 마음이 어디로 향하고 있는지를 잘 모르면 금세 비교의 소용돌이 속으로 빨려들어가기 쉽다.

게다가 가수들은 상하좌우로, 컷 대 컷으로 영상까지 나란히 비교당하는 경우도 허다하다. 과거의 내 모습과 비교 대상에 놓일 때도 있고, 타인과 대조군이 될 때도 있다. 이때 마음을 잘 케어하지 못하면 내 자신이 너무나 작아 보이거나 초라하게 느껴지는 비극을 맞이할 수도 있다.

이렇게 속으로 되뇌어도 비교라는 것에서 100퍼센트 멀어지기란 불가능에 가깝다. 나 역시 비교를 아예 하지 않는 것은 아니다.

그래서 조금이나마 건강하게 비교하기 위한 나만의 기준 같은 것을 마련해보게 되었다. 나와 어떤 '사람'을 두고 비교하는 게 아니라, 상황과 상황만을 대치시켜보는 거다. 내가 나의 어떤 모습이 마음에 들지 않아 아쉬울 때가 있었으면, 같은 상황일 때 현명하게 겪어내는 사람들을 보면서 그들이 대처하는 방법이 나와 어떻게 달랐는지를 비교해보는 식으로 말이다.

예를 들어 내가 욱했는데, 같은 상황에서 누군가는 욱하지 않고 유하게 잘 넘어갔다면 그런 상황에서 그가 어떻게 받아들였는지, 마음 상태가 어때 보이는지, 어떤 말로 대처하는지를 지켜보는 거다. 상황이라는 기준을 정하고 대처하는 태도만을 비교하니 상대방에게서 배울 점을 찾을 수 있어서 도움이 되었다.

나를 잘 지켜가며 살리라 마음먹어도 예기치 못한 상황에 타인으로부터 남과 비교당하면 언제 또 속절없이 흔들릴지 모른다. 적어도 그때는 타인이 기준 없이 가둬 놓은 비교의 프레임에서 벗어나 나를 균형 있게 바라보고 싶다.

이별 연습

해가 질 시간이다. 온 하늘에 빨갛고 노랗고 푸른 빛들이 순서대로 흩뿌려지고 해가 서서히 산 너머로, 수평선 너머로 사라진다. 분명 천천히 지나가는 것 같았는데, 생각보다 해가 금방 저물어버렸다.

그 광경을 가만히 보고 있자면 문득 낯설기도 하지만, 매일 해가 뜨고 지는 것은 지극히 자연스러운 일이라는 걸 깨닫는다. 해가 졌지만 좀 있으면 달이 밝을 거라는 것도, 내일이 되면 또다시 해가 뜰 거라는 것도 우린 알고 있다. 그래서 해가 지는 게 덜 섭섭하다.

이별에도 훈련이 필요하다. 어느 정도 마음의 준비가 됐던 이별보다는 갑작스럽게 맞은 이별이 훨씬 더 파장이 크다. 아플 뿐 아니라 아쉬움도 오래 남으니까, 덜 아프기 위해서 이별 훈련을 해야 한다. 언제든 놓아줄 준비를 하는 것. 지금 내 곁에 있는 것들이 영원히 내 것은 아님을 기억하는 것. 이런 마음들을 잊지 않으려고 하는 편이다.

친구, 연인, 일, 프로그램 그리고 직업인으로서 전성기와도 이별이 있을 것이다. 사실 나는 유튜브 〈전과자〉라는 프로그램을 하기 전까지는 활발한 활동기에서 서서히 벗어나고 있다고 생각했다. 그래서 분에 차고 넘치게 받아온 사랑도 이제는 너무 꽉 잡고만 있지 말고, 조금씩 느슨해지는 연습을 해야겠다고 마음먹고 있었다.

그런데 열정 어린 디렉션으로 7할 아니 어쩌면 그보다 더 많은 부분을 채우고 있는 뛰어난 PD님을 만나서 꼭 내가 잘한 것처럼 또다시 과분한 관심을 받았다. 10회차로 계획하고 시작했던 〈전과자〉는 벌써 70회가 넘었다. 궤도의 중심을 살짝 벗어나나 싶었던 활동기도 덕분에 다시 새로운 무언가를 맞이하며 분위기가 전환된 느낌이다. 아이돌 그룹 활동의 전성기가 어느 정도 갈무리되었는데 이렇게 또다시 활동기를 맞이할 수 있는 것이 결코 당연한 일은 아니라는 걸 너무나 잘 알고 있다.

이별을 하기 전 훈련까지 해야 한다고 말하는 걸 보면, 내가 일을 그만큼 많이 좋아한다는 뜻일지도 모르겠다. 너무 좋아해서 나중에 갑자기 내 의지와 관계없이 놓아야 하면 마음 한구석이 텅 비어버릴까 봐 그래서 자꾸 마음속으로 이별을 연습하려는 건지도 모른다.

요즘 내 일상은 스케줄이나 학원 일 아니면 구리와 시간을 보내는 게 거의 전부다. 어느 순간 일에 몰입하면서 놀고 싶다는 마음까지도 흐릿해진 것 같다. 지금 기회가 주어질 때 많이 일하고 싶고, 또 허락된 기회를 잘 즐기면서 일하는 행복을 충분히 감각하고 싶다.

예상했던 것보다는 이별까지의 시간이 좀 더 멀어진 듯한 요즘이다. 그래도, 그렇다 해도… 다시 해가 질 시간이 다가오면 섭섭해하지 말아야겠지. 아마 알면서도 잘 안 되겠지. 이따금 서운하고 아쉽고 섭섭할 것 같다. 그래도 노을이 지는 순간순간까지 잘 느낀 다음 잘 보내줄 수 있었으면 좋겠다.

제일

어쩌다 어릴 때 쓴 일기를 한 장 한 장 펼쳐 읽다 보면 '한참 전인데 어떻게 지금이랑 같은 생각을 했지?' 하는 대목이 있어 놀라곤 한다. 그런데 한편으론 불과 며칠 전에 했던 생각조차도 오만함이었음을 깨닫고 완전히 마음을 고쳐먹기도 한다. 나라는 사람은 어떤 부분은 한결같으면서도, 또 어떤 부분은 조금씩 변화를 거듭하는 것 같다.

연예인, 특히 아이돌 그룹으로 활동했던 사람들은 '데뷔' '초심' 같은 단어와 연결 지어질 때가 많다. 그런데 '초심을 잃지 않는다'는 말이 전하고자 하는 진짜 의미와는 달리, 데뷔 시기 특유의 풋풋한 기세라든지 어리숙함 같은 순수성에 가까운 이미지로 통용되는 경우를 종종 본다. 이런 것이 초심이라고 불린다면, 초심을 유지하기란 결국 불가능한 일 아닌가 생각해본다.

나를 둘러싼 모든 것이 바뀐다. 환경도, 상황도, 사람도 바뀐다. 나라고 항상 처음 모습 그대로일 수는 없을 것이다. 연차가 늘어가는데 신입사원에게서 느낄 수 있었던 특유의 열정과 패기가 계속 남아 있다면 그 또한 어색한 광경일 것이다.

그런 의미에서 데뷔 초의 태도에서 뭐가 바뀌었는지를 찾아내려고 애쓰기보다는 변해가는 모습을 받아들이고 그에 맞는 마음가짐을 가다듬는 것이 더 중요한 거 아닐까. 시간이 지날수록 나이와 연차에 걸맞은 현명함을 가질 수 있길 바라본다.

이처럼 바뀌어가는 상태에 초점을 맞추고 사는 것을 지향하다 보면, 주저 없이 대답하기가 어려워질 때가 있다. 예를 들어 '제일' 좋아하는 것(음악, 장르, 취향 등)이 무엇이냐는 질문을 받았을 때다.

'지금 제가'라는 단서를 붙이면 '제일'을 곁들여 답변하기가 조금은 쉬워질지도 모른다. 그런데 말 그대로 지금은 지금일 뿐이지 않은가. 언제든 변화할 수 있는 순간적인 내 기분과 취향에 '제일'이라는 말이 붙어 여러 미디어 매체에 조각조각 기록되는 것에 어쩐지 마음이 가지 않는다.

음악 장르나 일에 관련해서는 '제일'을 꼽기가 특히나 어렵다. 취향의 범주에 딱히 속해 있지 않았던 음악 장르나 곡들을 어떤 계기를 통해 오래 좋아했던 것들만큼 너그럽게 마음에 들일 때가 있었고, 심지어는 푹 빠져버린 적도 있었기 때문이다.

이번에 나온 정규앨범 《1991》에도 제일 좋아하는 스타일만을 고집하고 싶지 않은 나의 지향을 담았다. 자가

복제하거나 내가 잘할 법한 예측 가능한 노래들만으로는 꾸리고 싶지 않았다. 그래서 앨범에 수록할 곡들을 찾는 과정에서 여러 장르를 폭넓게 들었다.

정규앨범 첫 번째 트랙인 〈Macchiato〉가 그 예다. 평소에는 세션이 풍성하거나 리드미컬한 곡들을 선호했다면, 이 곡은 오직 피아노로만 끝까지 밀고 가는 이지리스닝 느낌에 가깝다. 목소리와 피아노만으로 음원을 완성해야 한다는 점에서 어려울 수도 있겠다 싶었지만 그래도 수록하기로 결정했다. 사랑이라는 감정을 달콤하게 전달하기에 오히려 이 구성이 잘 어울려 보였고, 첫 번째 트랙에 곡을 배치하면 부드럽게 앨범을 여는 느낌을 줄 수 있을 것 같다는 점도 마음에 들었다. 곡 특성상 조금은 더 섬세하게 녹음해야 했지만 좋은 선택이었다고 생각한다. 다른 일들 역시 마찬가지다. 해본 적 없고, 좋아한다고 말할 수 없었던 일들도 막상 경험해보면 잘 맞고 애정이 가는 경우도 많았다.

어떻게 보면 내 삶도 그렇게 움직였던 것 같다. 연습생 시절 이후로는 곧 죽어도 하나만을 고집해서 무언가를 이루어왔다기보다는, 새롭게 닿은 기회를 받아들이고 시도했던 것 같다. 그런 태도가 어쩌면 지금의 이곳까지 나를 이끌어준 건 아닐까.

나는 계속 변한다.

앞으로의 삶에도 좋아하는 것들이 계속 생기겠지만, 제일 좋아한다고 일컬을 만한 것들은 아주 드문드문 있을 것이다.

내가 무엇을 전달할 것인지
항상 고민하고 내 이야기를 나누면서

듣는 사람만의 이야기가 들어올 공간도
만들어주고 싶다.

Epilogue >>>

해외 스케줄 가는 비행기 안.
하늘에서는 시간의 경계가 흐릿해지는 것 같다.

인생이 완성되지 않은 영화 같다는 생각을 가끔 한다. 만들어가는 중인 영화 속에 내가 놓여 있다고 생각하면, "이제 시작이다"라든가 "다 끝났다"처럼 삶을 단정짓거나 특정 순간에만 머무르며 큰 의미를 부여하는 일이 적어진다. 모든 삶이 흘러가는 중이니까.

흘러가는 대로 기쁨과 행복 그리고 사소한 것들을 만끽하는 삶이 되었으면 한다. 엔딩 크레디트가 아직 올라가지 않은, 때론 심심한 장면들이 나오는 영화처럼 지나간 것에는 연연하지 않고 매일 다가올 것을 잘 느끼며 살아갈 수 있기를.

두바이의 어느 사막.
사막의 풍경은 아름답고, 조금은 무섭기까지 했다.

구리와의 밤 산책.
시간과 날씨만 허락한다면,
구리와 산책하는 일은 루틴에서 빼먹지 않는다.
하루 일과 중 좋아하는 시간이다.

다음날 아침엔
하루를 시작하는 루틴
얼어 죽어도 아이스 아메리카노.

스케줄 가는 차 안에서도
집에 앉아 창문을 내다봐도 보이는 하늘.

시선을 조금만 돌리면 하늘이다.
더 자주 고개를 들어야지.

‘상스러운 발상’ 팝업 스토어 깜짝 방문.

〈The Wayfarer〉 콘서트 전
광주에서 인증샷.

콘서트 VCR 촬영 중.

〈The Wayfarer〉 콘서트 무대.